리듬

파란시선 0005 리듬

1판 1쇄 펴낸날 2016년 7월 15일
지은이 장석원
펴낸이 채상우
디자인 최선영
펴낸곳 (주)함께하는출판그룹파란
등록번호 제2015-000068호
등록일자 2015년 9월 15일
주소 (07552) 서울특별시 강서구 공항대로 59길 80-12, 3층(등촌동)
전화 02-3665-8689
팩스 02-3665-8690
인터넷팩스 070-8867-8690
이메일 bookparan2015@hanmail.net

ⓒ장석원, 2016, printed in Seoul, Korea

ISBN 979-11-956331-5-9 04810
       979-11-956331-0-4 04810 (세트)

값 10,000원

리 듬

장석원 시집

주체였다면 우리 저항했을까

살아 있었다면 우리 사랑했을까

우리는 죽은 것이 아니라

어두운 찬양 속으로 귀의한 것

우리는 우리의 모든 힘을 다하여 죄로 진입합니다

등불을 들고

저곳에서 나를 기다리는 사람을 안고 용서를 빌고

그가 육체 속에 작은 열꽃을 피울 때까지 나는 기어가야 하리

우리가 정치 때문에 윤리를 소거시켰던 것처럼

절망이 확신이 되는 변곡점을 지나간다

차례

제1부

영천(永川)

정북에서
그늘이 허물어진다

허벅지에 앉힌 아이가
새우깡을 먹는다

입술의 경련
뼛가루처럼

여객이 빨려 들고
미간으로 기차가 들어온다

낮은 어둠의 담장 아래
웅크리고 울던

선생(先生)의 당신
분쇄되어 나의 입속으로

찔레와 사령(死靈)

비명은 다른 곳에서 다른 시간에 다른 사람을 향해 출몰하고 회귀한다 사람을 사랑하면서 사람을 의심하는 일처럼 잔혹한 것이 없지만 그리워도 가지 않는 나는 부서진 프로펠러처럼 슬프다

생활에 마비되어 사는 마음아 너를 향한 사랑의 행로들아 나를 조금 더 불편하게 해다우 희미한 정맥과 게으른 혈소판이여 검은 골편이여 지겨운 위로로는 사랑이 이뤄지지 않는단다 피정이 필요하다 슬퍼해도 좋다

비애는 휘발되었고 영탄은 오래전부터 나를 도륙했던 것 내게는 수유와 노략이 필요하다 수액 주머니의 줄어드는 기다림이 검파(劍把)에서 나를 끄집어낼 것이다 입맞춤 전 뜨거운 콧김 네가 살아 있다는 증거 나를 안쓰러워하는 노고

껍질 벗겨져도 너를 잃지 않겠지만 나는 후회를 배우겠지만 우리는 지금부터 서로에게 노예여도 좋다 찔레향의 절벽 밑에서 우린 행복하다 유월의 살결 같은 훈증(薰蒸)

우리는 마모되는 사물이 아니다 이별보다 큰 죄악은 없다

가시를 두르고 푸른 침묵으로 가라앉는 파묵의 오후

꽃잎이 벌어진다 피로가 침착(沈着)한다

조금(彫金)하는 햇빛이 움직인다
조문(弔文)이 어지럽게 나를 흔들어
물방울처럼 눈을 떴다
맑은 졸음

피정(避靜)

메이데이. 메이데이. 이것은 오래전부터 반복되는 사실. 없어진 것들, 무마된 것들, 부식된 것들을 순식간에 재연하는 통사(通史). 메이데이. 손 뻗어 어루만진다. 새벽의 대지 위로 솟아오른 태양의 어깨를 헐떡이는 숨을 현재를, 흔들리지 않고 바라본다. 나의 폐허에 기둥을 세운다.

그들이 나를 데리고 이 자리에 왔다. 바람이 등을 밀었다. 돛도 없이 도달했다. 메이데이. 바람은, 여기에, 없고, 바람은, 먼 곳에서, 나를, 바라보고, 결핍이 내 몸을 직조한다.

어제의 유령과 악수한다. 그곳에 당신이 있었다. 당신은 나를 들을 수 없다. 당신은 나를 소유할 수 없다. 당신은 나의 마음을 들썩이게 하지만 당신은 나를 작동시킬 수 없고 나의 몸을 사용할 수도 없다. 메이데이.

바람이 부조하는 붉은 깃발. 우리의 메이데이.

오래된 방관에 대한 나의 반응 : 유리 너머 내 손은 당신의 손. 내 그림자는 당신의 하부구조. 나와 당신이 함께 축조해 낸 낡은 희망에 대해 작은 목소리로, 이것은 새로 시작하는 사랑의 노래. 메이데이 : 메이데이 : 바람이 새긴 묘비명.

우리의 어제는 없어졌지만, 우리의 내일은 파괴되겠지

만, 우리는 사랑하기 위해 죽어 가네. 그렇다. 세계는 당신의 이름을 기억할 것이고, 당신은 세계의 유흔이 되어 우리의 기억을 윤전시킬 것이다. 이것을 믿음으로 봉인하고, 이것을 당신의 사랑이라 확신할 것인데, 나를 핥는 혼돈, 속에서, 메이데이.

신식민지국가독점자본주의

모든 것이. 비현실적이었다. 나뭇잎 위로. 저녁의 가랑비. 한동안. 나는 너를. 잊고. 있었다. 비어. 있는 우체통. 너의 체취가.

탈출구. 없는. 우리. 여기는 세상의 끝. 우리에게 확신이. 우리는 이별이라는 말을. 더 이상. 할. 수. 없다. 우리가 살고. 있는 세상이여. 안녕. 질주하라. 우리의 길을. 죽음의 대가를. 치르더라도 찾아라. 찾아서. 파괴하라 우리의 머리. 불타고. 나는 서서히 부서져 가고. 나무 밑에서 나는. 너의 냄새를. 맡고. 있었다.

우리가 지나온. 초록 사월. 한낮의 빛 속에서. 나무는. 빈 가지로 하늘을. 떠받들고. 분노에 젖어. 있네. 나무는 광대무변한 세계의 입구에서. 변하지 않고 떠나지 않고. 언제나. 그곳에. 있었네. 푸른 생명의 노래. 죽음보다 우월한. 찬란한. 노래가 뿌리로부터. 어린 잎새로. 고동치며 퍼져 나오고. 있는데 봄인데. 외롭고 슬픈 나무는. 물을. 끌어올리지 않네. 새순도 없이 죽어. 간다네. 침엽의 끝에서. 물방울. 말라 가네. 그것이. 고통이라서. 하나하나. 분노로 일어선다면 나무는. 혼자서. 계절을. 역류하겠네.

나무도. 날아가고 싶었을 것이다. 불꽃에 몸. 던져 연소되고 싶었을 것이다. 나무가. 봄 잎과 붉은 꽃 피우고. 열매. 남기는 것은. 어떤 바람 때문이었을까. 뿌리가 땅. 움켜쥐고. 떠날 수 없었지만. 밝게 트인 밖. 바라보는. 나무 수척한 손가락. 펼치네.

열예(悅豫)여

화산에서 남긴 사진. 땀에 얼룩져 지친 얼굴로 허공. 쳐다보는 너와 나. 화강암의 이마에 번득이는 햇빛. 갈라진 바위틈에 뿌리. 내린. 소나무 바람에 흔들린다. 물이 몸. 휘돌아 너의 이마에. 흘러내리고 있었을. 붉은 손수건 손목에 맨. 뒤돌아보던 너. 그때 우리는 무엇을. 보려고.

우리는 체온에 기대 길게 잤다. 등을 맞대고. 돌아누우면 너의. 날숨. 느낄 수. 없었다. 새벽이 가까워지자. 우리는 가랑이 사이에 우리를. 넣고. 추위를. 견뎠다 스며드는 너를. 느꼈다. 너는 나를. 빠져나가고. 너는 먼 곳. 보고. 있다. 너는 사진을. 벗어나 밤하늘에 가닿았다. 너를 보내자. 일렬종대의 난민들. 다가온다. 전부. 나이다.

너.없.이.어.떻.게.사.니. 지나는 바람을 붙잡아 신열을 식히고 싶다. 몸에 푸르게 잎새 돋워 그늘을 연다.

그때. 모든 것이 사랑이었다. 그때 나는. 두려움을 몰랐다. 나를. 아프게. 해 줘. 처음. 내게 손 내밀며. 이름을 물었던 때부터 너는 나의 안면이었다. 너와 나. 태어나기 전부터 얼굴을 맞대고. 있었지만. 단 한 번도 만난 적이. 없었다. 나의 안에 거주하던. 너. 따뜻한 피. 몸으로 쏟아져 들어온다. 너와 나. 헤어진 적이 없었는데. 네가 없기에. 나는 죽어 가고. 있다.

xyz

후진하는 기억의 열차 얼굴을 돌파할 때
어제의 면면이 쪼개지고 결합될 때 내가 반복될 때
정의라는 갈망과 기차라는 홀연과 상실을 싣고 가는 디
젤의 구르는 쇳덩어리와 토막 나는 신음 절단되는 몸 주
위로 붕괴하는 것들

침목에 오줌 누는 소년
바람에 몸 얹고 춤추는 코스모스
절망 없는 몸짓으로
휴지와 반향과 파열
눈물의 낙하운동
레일 위에 앉아 있는 돌멩이

옥타브

햇빛의 중량, 제로. 이런 날은 성욕도, 투명해진다. 적
나라(赤裸裸).

생피 흘리는 몸 아니면 쾌락도 없다. 횡단보도에서 스
톱. 껌이나 질겅.

당신과 뒹굴고 싶어. 기립하고 싶어. 당신과, 절정에서
찔리고 싶어.

갈급과 애무 때문에 정직해진 자의 실용적 도덕. (내가
흘려보낸 정액의 양, 이차성징 이후부터 지금까지, 그 속
의 정자들이 모두 사람의 형상이 되었다면, 새로 지구 하
나를 먹어 치울 인간들의 수와 얼추 비슷하겠지, 그러니
까 나는 여태 지구 하나를 궤멸시킨 것)

거리의 간판처럼 나는 행진, 네거리에서 장도리, 생각.
우이천 물 위, 반짝이는 오후의 몸들. 종이비행기.

부동산 앞에 앉아 웃고 있는 중년 셋이 학동(學童) 같
다. 파마 캡을 쓰고 부지런히 걸어가는 여자는 60분 후

에 어떻게, 뽀글거릴까, 궁뎅이가 씰룩거린다, 쪼개진다. 노루야,

   등이 뻐근해진다. 모반의 기운이다. 5분 전의 나와 맨발의 폴이 포옹한다. 골목은 구강, 신호등은 흡입구. 반도네온처럼 벌어지는 사타구니. 실성(失聲)의 순간이다.

식육(食肉)

베어 물자 혀 위의 각설탕 같은
고기의 맛을 세상의 냉기라고 이름 짓는다 노동하는 청
년의 이마에 흐르는 불빛 냉동고의 붉은 개폐

담배를 튕겨 던지고 장갑에 침을 뱉고 청년은 어깨를
들썩인다
릴랙스, 어떤 것이 다가오겠지, 칼 힘줄 덩어리 도마

살에 묻힌 청년의 돌기
무엇이든 찔러야 한다 살과 피는 언제나 우리 사이에

나는 그를 회억할 수 없지만 그 살은 나의 살과 잘 어
울린다
내 몸은 그를 기록하지 못하지만 그는 그날의 내 몸을
잊지 않는다
청년이 거스름돈을 건넨다 물상의 모서리를 바라본다

벽에 머리를 박고 있었다 수의사는 고무장갑을 끼고 수
의사는 벌어진 입을 지나 돼지에게 다가가고 수의사는 돼
지의 살에 바늘을 찔러 넣는다, 청년, 등뼈, 휘어진다

나의 돼지가 운다

케미스트리와 애정 변형 공식 : 식사 후에 무엇이 생성될까. 저녁의 살. 식곤 속에서 점등되는 간판. 고요한 포만. 고기가 나를 변형시킨다. 이전과 이후의, 육체의, 윤곽을 더듬는다. 포육의 순간, 우리의 고독한 궤멸을 관측한다.

고기백화점

이곳과 그곳을 동시에 거느리는 태도
강건하고 교만한 그는
엉덩이
씰룩이며 오늘 맛볼 것을 점검한다
날름대는 혀 정직한 바이브레이터
그는 오늘의 고기를 주무른다
껍데기의 냉기 아래로 윤기가 흐른다
꼬챙이
나는 팽창하는 공 그의 살이 가깝다
굴렁쇠
천천히 조여야 한다 깊은 곳에 더 힘을 주자
어슬렁
외로운 자는 야전 상의와 청바지를 입는다
다른 고기를 만지며 쭈쭈바를 빨며 등급에 대해
클레임을 건다 너의 다른 몸이 맘에 들지 않는다
라디오를 끈다 조도를 낮춘다 그림자가 깊어진다
경첩이 벌어지지 않는다 끝내지 말아요
끝은 없어요 꿇고 빌잖아요 불빛의 혀 문틈에서
일렁인다
아들과 딸의 탄생이 그러하듯 육체와

육체가 결합된 후 영혼이 부여된다
살을 주재하는 그의 권능을 숭배한다
철제 침대에 누워 눈을 감는다
붉은 빛에 압착되어 뭉쳐질 때
그가 나를 회수한다
육의 맛, 토요일 밤 하부의 열기, 사상이 없는 괴물
울렁임
그 육체의 유체 나는
삐걱인다 기다린다 그가 칼을 뽑아 든다
찌르기 위해 혀 위에 올려놓기 위해
늘어진 늙은 성기 같은
검사 완료 파란 잉크 발린 그 몸 아래 쿨렁이는
덩어리

suicide note

두 개의 실존이 보이는, 밤의 길에는, 닮는, 사람

이 울음이 거짓으로 증명되면 나마저 부정하겠지
그에게 다시 소환되는 날 나는 지워지는 것일까

그대를 나보다 먼저 사라지게 하는 힘을 받아들인다 드
디어 순응하는 자의 복수를 발견했다 순결한 것이 타락하
기 쉽다 유월 오후의 메마른 바람이 나를 풀썩이게 한다
먼지 나는 먼지 가벼운 멸망 햇빛 (얇게 나를 뜨는) 나의
종말을 지켜보는 유월의 나뭇잎 눈동자 부피를 향해 맹
진하는 초록

나를 개방한다 나는, 나는 비닐봉지, 파리 떼, 얼굴에
내려앉은 빨판상어, 남은 것은 이별 후의 한 조각 살점을
저작하는 그대

(duplicated love, inside)

이를 뽑아 버렸다 오염되지 않을 것이다
독에 이르러 독이 나였음을 깨닫는다

나의 시신을 사랑하는 더 아름다운 나여

　경도(京都)의 밤, 피의 얼굴로 기록에 골몰한다, 나를 용
서하길, 나의 절멸을 상상하고, 그대는 행복해하기를, 사
랑이 파괴된 후, 압천(鴨川)의 물소리처럼 욕망이 부글거릴
때, 내 고통의 흔적을 아로새긴 물결의 수효를 기억하라

　내가 나를 속이고, (사랑의 대칭), 그대가 나를 속이고
난 후 우리는, 조개껍질처럼 괄약근처럼, 우아한 침몰을
위해, 모래의 입으로, 오늘의 파괴를 경축하며, 새로운 패
망의 역사를 위해 서로를 파(破)한 후, 끈끈이를 분비하고,
같이[假齒], 패류의 화석이 되자

　이마에 압정을 박고 더 긴 후회를 시작할 것이다

자목련

이 생이 끝나기 전에 혈혈 파먹는 바람 앞에서 붉은 구멍이 되리

두개(頭蓋)가 벌어진다

피 묻은 발톱

악착이여

이별 후의 이별

무게 없는 파동 아래로 들어온 것이다
이곳은 비워진다

곤비한 무덤처럼 부패하는 나를
복기하는 밤의 기계의 별들의 힘
내 몸을 관장하는 바람
단단하고 따스한 사실

내가 데리고 온 눈먼 나
성직자의 목덜미처럼 파르스름한 저녁

생초목에 불을 지르고
발 없이도 하늘을 가로지르는 해
들러붙어 손가락 몽그라져도 나무를 흔드는 바람
말라붙은 하상(河床)에서
헤어져 갈라진 자
비명 지른다

제2부

카시니 간극

여름 쪽으로 힘겹게 날아가는 나비
부러진 백양나무가 목격자였다

격렬(비열)하게 운동하는 깃발이 (스커트가) 있었다
휘날리는 울렁거리는 오르락내리락하는 모든 것들은
경련 발사되는 것들은 우리가 지우지 못한 열락
주황의 수직 틈새에 박혀 있는 손톱

우리는 흙의 몸으로 스며들었다
신록의 호수처럼 깨어났다가 하지의 잎새처럼
일렁였다 우리 지렁이들 (무지렁이들)
밤의 숲으로 가자

날뛰는 늑대와 청년들의 우렁우렁한 웃음소리와 희뜩
거리는 횃불과 연자주 베일 너머에서 날름거리는 모닥불
과 밀려오는 비의 냄새와 비등하는 거품
저쪽의 생으로 가는 길에 찔레들 말없이 열리고 (널렸
고) (벌어졌고) 바람 우리의 신체를 통과하여 젖은 봉분
에 도달했다 그때 머리를 들쑤신 것들

우리 옆에서 지워진 것 실록에 그어진 밑줄 우리의 그
것을 탈취한 자 그것이 벌어진 유월 정문 앞에 떨어진 핏
방울

우리는 이 시대 저 시대를 오가는 (짭)새였다 파괴한 만
큼 건설하는 민중의 전소 후에 우리가 창조한 새로운 괴물
이 시대를 가로지르고 있다
전체주의 내전 그리고 화장된
그의 몸은 우리의 반성보다 인간적이고 투쟁적이다

이것은 내일의 일기 오늘의 거리에는
나의 여자, 미소 짓는 유치원생, 횡단보도의 신사에게
다가서는 택시, 교통정리하는 늙은 기사의 구겨진 남방
과 호루라기에 고인 침, 이 모든 것이 뭉개진 (개진 개
진) 순간
이 모든 것(을)에서 격리된 (격파한)
어둠

셔츠를 벗는데 불빛이 내려온다
눈물이 알전구처럼 부푼다

피는 응결 중이다

문질빈빈(文質彬彬)

　사나이가 간다 거리는 휘어진다 / 우그러지는 과거가
나의 어깨를 치며 말했다 // 어둠 속에서 내가 기다린 것
은 사랑이 아니라 사랑하는 사람의 육체 떨어지는 꽃잎의
열락 여기 폐허 위에 피 뿌려 다시 꽃 피울 수 있다면 그
것은 사랑이 아니라 깊어지는 기다림 낙타를 타고 대상들
오아시스로 들어가네 나의 사랑하는 사람 돌아와 나의 무
덤 위에서 오후의 햇빛 덮고 누워 나보다 더 짙은 잠에 들
때 나의 그림자 분질러지네 지나온 거리의 만곡 후퇴하는
결절 다시 죽지 않으리 죽어 사랑하지 않으리 그때 나의
사랑하는 사람의 육체는 나를 탄생으로 내몰았던 붉은 꽃
술 밑에서 로고스처럼 분명해지겠지만 나는 나의 사랑하
는 사람의 육체를 단 한 번도 소유하지 못했기에 무릎 닳
아 없어질 때까지 거리를 걷고 걸어 그곳에 도달할 것인데
여기서 옛날의 나를 만나니 이제야 나를 체념하기에 이르
렀네 나의 사랑하는 사람이 그곳에서 나를 기다리네 나의
사랑하는 사람의 육체가 내 몸에 남겨 놓은 문자를 불태
우네 우네 나의 사랑하는 사람의 얼굴 뭉개지고 그 몸을
화형하고 나는 어디로 가는 것일까 나의 사랑하는 사람이
눈물 흘리며 나를 바라본다네 불꽃 속에서 마지막으로 나
의 사랑하는 사람의 얼굴을 본 듯하네 /// 나의 사랑하는

사람이 말한다 //// 나는 사랑 없고 동정 없는 세상에서
지리멸렬을 덮어쓰고 병통에 매여 원숭이처럼 울고 있네

심미

두 여자가 수화를 한다
손으로 허공을 파고 있다

낙선한 후보의 플래카드를 본다 그의 얼굴은 슬픔의 출
처가 아니다 머리 잘린 방어는 울 수가 없다 얼굴이 없기
때문이다 퍼득이는 꼬리지느러미 위의 물방울 당신이 다
른 뺨에 입을 맞출 때 내 심장이 더욱 단단해질 때 푸른 눈
의 물고기들이 수면 밖 그녀의 칼자루를 바라볼 때

나는 낡은 이 세계의 손님
겨울바람이 퍼뜨리는 소문
이식된 패배

시민 여러분 오늘이 어제가 아니라는 것을 어제가 더
먼 어제보다 아름답지 않다는 것을 아시죠 무릎 꿇고 울지
마세요 생살을 초고추장에 넣지 마세요 그녀의 칼을 빼앗
으세요 우리 즐거운 물고기들 폐사할지도 몰라요 뜰채에
몸이 실리기 전에 알을 낳으세요 잠시 후 모든 것들이 불
가사의할 정도로 아름다워질 거예요 검은 봄이 오기 전에

　　　　　　　　그녀의 손이 멈춘다

소리의 유리 계단에서

그녀가 은의 칼날을 쥔다

　　　　　그때부터 보이지 않는 힘에 종속되었다

공기의 벽에 그림을 그린다 손가락으로 구멍을 뚫는
다 한 줌 쥐어 코와 귀를 만든다 울기 위해 우리는 새 얼
굴을 얻어야 한다 패인 곳에 바람을 밀어 넣고 솟은 곳은
더 돋운다

달아오른 난로 앞에서 붉은 서적을 읽는 우리는 내란의
공범들 거리의 수그린 사람들과 잘린 가로수들 세계가 터
무니없이 약해지고 있다

　　　　　　　그녀들이 서로를 뜨개질한다

어떤 상실은 생기기도 전에 소멸된다

카드뭄

소용돌이치는 북의 하늘
검은 나뭇잎들 뒤집혀
매달려 흔들린다 바람 문창 관통하는
총알의 느낌이 이런 것일까
식도를 흘러내리는 물의 온도

흙에서 벗어난 적 없는 나무에게 귀순이란 없다
떠나지 않았는데 돌아올 수 없다
뒤에 남은 발자국은 흡반
머리카락은 바람을 붙드는 족사(足絲)

생활의 거리로부터 피곤이 돌아오기 전에
식사를 준비해야 한다 식구들이 저녁으로 들어오기 전에
사랑의 실패를 기록해 두어야 한다 나뭇잎 치차(齒車)들
갈아 낸다 허물어지는 구름의 표피
하늘이 내려온다 흑운의 어깨

두 육체가 부딪치는 순간
이별로부터 사이렌이 당도한다
섬광 너머에서 나무들이 잠깐 부동자세를 취한다

사랑하는 두 몸이 눈앞에서 철써덕거린다
명일에 명일에 그 품에 안기리

나의 창에 붙들린 번개
이마에 금이 간다

어둠이 두꺼워질 때
황도십이궁이 기울어진다

버티고

빨려 드는 얼굴

열심으로 귀를 나풀거리는 당신에 대한 나의 가련한
오해

다 괜찮은 일이다 흘러가는 것이다

보고 싶고 안고 싶고 천천히 아물고 싶은데

우마가 걸어간다 마소의 주인이 존다

우리는 멘스 중인 소녀와 우는 칸나의 계절 우리는 피
곤한 캐러번 우리는 우울한 파이어릿 분탕질을 위해 나아
가자 자꾸 걸어가자 지구의 모든 도시를 순례하자 밤마다
다른 열사(熱沙)에서 다른 사랑을 체험하기 위해

제발, 제발, 제 발이 저릴 때, 제발은 나의 제 발을 찍
기 위해, 제발제발제발레이션으로, 뒤로 가는 중인데, 나
의 제발이 나를 애처롭게 바라보는 순간, 제발의 순혈을
찍어 맛보는 뱀파이어 앞의 인간은 제발을, 애절하게 실
행 중이다, 이것은 명백히 반복임을 설명하기 위해 나는
나의 제발을 위해 제발 울지 말아요 아르헨티나여, 외치
는 순간을 뒤로하고 나의 제발로케이션 따위, 제 발이 저
려? 상스러운 나의 성을 위해, 나는 제발을 쌓고 제발을
허물고 제발을 지워 버리고 개발과 계발의 사이에서 개의

발을 위해 행진곡을 연주하는 어린 드러머가 되어 플러머를 사랑하고, 제발 나를 이해해 줘 아들아, 깐죽대는 아들에게 관 짜는 아버지가 사랑을 고백하는 밤, 제발 나의 애인을 기쁘게 해 줘 쾌락에 흠뻑 젖어 들게 해 줘 젖이 되게 해 줘, 우리의 제발이 고발한다, 이런 부자라니, 지방세 납부를 거부한 갑부라니, 갑과 을이라니, 우리의 제발이 걸어간다, 간혹 제발은 나를 위해 울기도 한다, 사랑의 맹세를 허공에 쏘아 올리며 제발 제발 나의 소원을 들어주세요 당신의, 제발은, 젠장, 개발일 뿐이에요, 제기랄, 우리의 발전은 가발, 나발의 진실을 제발이 개발에게 말할 때 당신은, 나의 제발을 찍어 드시고, 후루룩 쩝쩝 입맛을 다시고, 식사 후 설거지는 제발 식모에게, 우리는 제척, 그녀가 우리를 제모하고

벌리다 : 기다림 = 벌어지다 : 능동적 후퇴
내부의 응집을 감지한다
들어차서는 분비되기 위해 요동치는 액체를 나는 슬픔이라고 부른다 나와 당신을 이어 주는, 이곳과 저곳을 잇는 목
음절이 되지 못한 호기(呼氣)의 흐름, 손아귀에 힘을 준

다, 맥박이 느려진다

그르렁

파시즘

찢어진 그리움이 나를 곤죽으로 만든다. 나는 쾌의 먼지. 내가 할 수 있는 것, 예컨대, 복수, 같은, 단어들의 진동. 필요한 것이 사랑일지도 모른다는 환상에서, 돌아온다. 길어질수록, 엷어질수록, 나는 부드러운 걸레가 된다. 보고 씹, 싶기 때문이다. 씹, 씹어 먹고, 씹, 싶기, 때문이다. 그리움 앞에서 나는 뭉쳐진다. 내가 해야 할 말,

검은 주전자를 들어라 적과 청이 흑과 백의 침범을 받는다 나는 흑이 되고 세계는 백이 되고 우리는 사라진다 몸뚱아리 몸뚱아리 벌겋게 벌어진다 벌어진다 우리는 추악을 신봉하고 당신은 배신에 골몰하고 우리는 하얀 포로의 포로의 입술로

나를 죽이기 위해 골몰해진 노인이 내게 길을 묻네 너는 왜 그곳으로 가려느냐 입술에 묻은 당신을 뜯어내기 위해 발톱을 내미는 내미는 어리고 하얀 하얀 고양이 조각난 울음소리로 화답합니다 피가 흐르지 않네 발바닥부터 어둠이 차오르고 있네 노랑이 후퇴하는군요 그곳에 대가리를 박았어요 박았어요 당신의 길고 긴 폭행을 끝내겠어요

45

눈이 생기고, 발생학적 기적이라고, 하자, 하자, 개체와
계통이 혼합되는, 기호가 의미를 잡아먹는, 내가 당신을
분해하는, 내가 세척하는 이것을 희(皕)라고 부른다. 당신
이 죽은, 후, 닦아 내는 피. 당신의 유언,

너를 취식할 것이다 함몰시킬 것이다 분노로 봉쇄할 것
이다 검정 안에 가둘 것이다 자홍(紫紅) 근육으로 너를 조
일 것이다 너의 입에 나를 채워 넣을 것이다 모든 기호가
나로 대체되어 나는 영생할 것이다 너의 전부가 나로 바
뀔 것이다

리얼리즘
─대화 : 홍희담, 「깃발」

공수특전단의 만행을 보았을 때 인간에 대한 절망을 맛보았음에도 결코 사라질 수 없는, 인간에 대한 신뢰와 사랑을 지금 그녀는 분명히 확인하는 것이었다 : 기억하는가 인간은 말살되었다 기록했는가 기억은 파괴되었다 인간이 인간을 죽였다 인간이 인간을 지웠다 그날을 우리가 지웠다 우리가 우리를 지운 것이다 신뢰와 사랑은 어디에 있는가 형자가 우리를 안아 준다

살아 있는 것은 부끄러운 일이었다 : 부끄럽다 살아 있기 때문이다 그렇다고 죽어야 하는가 광장에서 흑이 진격한다 우리는 점령당할 것이다

무산자계급 ─ 공원, 세차공, 음식점 배달원, 무직, 외판원, 타일공, 양복공, 세탁공, 청소부, 노점상, 점원, 가난한 주부, 운전수, 보일러공, 소상인, 막노동꾼, 고물상, 행상, 용접공, 자개공, 목공, 구두닦이 등등 : 당신은 무엇을 하고 있는가 모두 행복한가 나는 답을 요구하지 않는다 나는 묻고 물을 뿐이다 삶은 위대하기에 어둠을 매장하고 먹여 살려야 한다는 타협을 짊어지고 적절히 착취하고 있다

47

혁명. 비지. 피티. 전사. 빨치산. 무장투쟁. 계급투쟁. 시가전. 유격전. 죽창. 게릴라. 봉기. 제국주의. 자본주의. 주변부 자본주의. 종속이론. 해방신학. 제3세계. 민중. 프랑스혁명. 파리 코뮌. 러시아혁명. 레닌. 볼셰비키. 베트남. 통일 : 쓰레기통 속의 명사들 민중이 계급을 갉아먹었어요 민중이 계급을 파괴했어요 선명한 계급으로 민중을 분리해야 해요

오월의 공기가 상쾌했다 나무 잎사귀들은 물을 머금어 싱싱했고 꽃들은 뺨 비비며 피어나고 있었다 도청 가시죠? : 네 갑니다 서류 떼러 도청에 들렀다가 후문 앞 스타벅스에서 친구 만납니다 무슨 일이든지 잘될 듯한 날이에요 사랑하기 좋은 날이네요 가로수 그늘이 깊어지는 오월이니까 곧 아카시아 피겠어요

인간의 존엄성이 파괴된 데서 나오는 근원적 폭력성이 폭발되어 갔다 : 도청은 점령되었다 친구를 잃어버렸다 총구가 번쩍거렸다 인간은 붕괴되었다 암흑이 머리를 먹어버렸다 우리는 잘린 채 끌려갔다

개인은 개인을 열어, 마을은 마을을 열어, 거리는 거리를 열어, 금남로는 금남로를 열어, 최후의 결전장인 도청의 열림과 더불어 민주 공동체를 이루어 냈던 것이다 : 이것을 환각이라고 부른다 이것을 역사의 증발이라고 증언한다 코뮌과 이상적 이성과 혁명이 기호에 불과하다는 것을 역사가 기록했다 선험적 진리가 있다 가지 않아도 가본 길이 있다

　저들은 누구인가 지식도 없고 이론도 없고 운동 논리도 없는 저들은 왜 도청에 들어왔는가 : 노동자계급 무산자계급이 투쟁했고 그때 삭제되었고 지금은 자본가만 있다 계급이 없어진 후 평화가 찾아왔다 아름다운 세상이었다 살기 위해 모두가 삶을 도려내야 하는 공포가 적조처럼 벌창한다 도청에 가자 도청에 가자 도청에 가서 춤을 추자

　살아 있는 자들은 정치적이다 : 정치를 도려내야 한다 정치가 가둬 버린 수많은 패배와 죽음을 기억하기 위해 우리는 무엇을 해야 하는가 맑은 눈으로 웃는다 많은 몸으로 더 많은 몸을 사랑한다 살아 있는 자들은 살기 위해 윤리를 포기한다 도망치기 위해 꼬리를 자르는 초록의 도마뱀

처럼 흩어진 우리들 흐드러진 꽃들 적들

그것은 우리들이 정치를 하겠다는 의지이다 : 다시 무
기를 들어야 하는가

조직은 현실이다 : 당신의 현실과 나의 현실이 어떻게
같을 수 있단 말인가

조직은 물리력이다 : 조직은 한 번도 이루어진 적이 없
는 추상명사이다 누가 우리를 조직했는가 누가 우리를 조
직 안에서 지배했는가 인간의 조직이 인간의 육체를 파괴
할 수 있는가 인간이 사랑으로 조직될 수 있는가

너희들은 알게 될 거야 어떤 사람들이 역사를 만들어
가는가를 :

그날은 18일, 피의 일요일이었다 손을 뻗치는 사람에게
가차 없이 대검으로 배를 쑤셨다 어떤 공수특전단원들은
대검으로 청년의 등을 쑤시고는 다리를 잡아 질질 끌어서
트럭 위에 던졌다 시뻘건 칼날이 번들거렸다 트럭 안은 던

져진 시체들로 가득 들어찼다 트럭이 움직였다 그리고 어
디론가 : 사라진 것이다

조천(朝天)

　바람이 데려다 준 들에서 새로 돋은 싹의 속삭이는 소
리 엮어 노래 부르고 봄빛 속에서 가도 가도 끝없는 꿈의
가운데를 헤엄치고 빛을 베어 물고 청엽 갉는 애벌레 되
어 먹기 뺏기를 쉬지 않았으니 몸 밀고 밀어 도달한 자리

                           *

　한 됫박에 천 원
　햇밤 포대 싣고 트럭이 지나간다

　결박된 자루처럼 쓸쓸한 그림자들
　백골들

                           *

　해변에 이르자 명령이 떨어졌다 나는 눈뜨지 않았다 울
지 않았다 아버지는 삽으로 무덤 자리를 팠다 아홉 명이
누울 만한 자리였다 발포하라 일제히 우리는 거품이 되었
다 경찰은 왜 나를 발견하지 못했을까 파도가 나를 데려
갔다 바다가 나를 안아 줬다 엄마의 얼굴이 뭉개지고 있

었다 피가 스며들었다 우리는 묽어지지 않았다 서북청년
단의 눈동자가 보인다 우리는 왜 총알받이가 되어 한 발
뒤의 붉은 아가리에 떨어졌을까 방아쇠를 당긴다 검은 바
위에 구멍이 뚫린다 가슴에서 모래가 흘러내린다 쇠와 돌
과 바람과 지는 해의 울음을 듣는다 아버지는 내 손을 놓
지 않았다 나는 살아 있다 군용 트럭에 실려 가는 중이다
하차 지점이 가까워진다

*

　그날 처마 밑에서 졸다가 깨어 올려다보니 하늘에 빛의
나비 미색 바람의 손끝에서 탄주되는 꽃잎 이마 위로 너
풀 날아오르던 것인데 무덤가의 잔디 잔디 금잔디 태우는
불꽃 다투어 피어나듯 나의 붉은 몸통 말라 가고 있었는데

흡열반응

산록에서 내려오는 안개 나를 감추기 위해서 — 무엇이 이루어지고 누가 다가오는가 이곳에 있기 위해 선택해야 한다 내부에 머물러야 한다 — 저 산에 숨어 사는 것은 야수일까 — 신성한 리얼리티 — 아름다움이 발생한다 — 정갈한 침묵 밖에서 진동이 생긴다 시대가 만들어 놓은 소음의 구조들은 거짓이다 — 여기에 거주하기 위한 우리의 결의 — 싱그러워라 물의 입자여 너의 입장을 기다린다 — 어떤 몸이 나를 붙잡는다 내부에서 나는 혼자가 아니었고 나를 기억하는 자는 나뿐이고 — 침묵의 매개 — 당신이 여기에 있다 이곳의 현실 — 시체들 — 헤어질 시간이다 나는 시간 당신의 시간 나는 시간 당신은 시간 — 내부를 폭파하려 한다 — 멈춰라 나의 진행을 추동하라 — 모든 고통이 신기루가 될 때까지 이 익숙한 우화가 끝날 때까지 나를 비판할 수 있을까 나의 현재는 어디에서 실종된 것일까 — 떠나 버린 님이여 — 적적한 — 회전하기 위해 모두의 새로운 사랑을 조립하기 — 다른 사랑을 회의하라 확인하라 마침내 추인될 것인데 반드시 실현될 것인데 이상 국가 철인의 국가 절망을 매장하라는 명령 — 살아서 숨 쉴 수 있게 한 당신의 사랑을 경축하기 이곳의 행복을 경배하기 — 신념을 밀봉하라 — 어떻게 다른 몸을 사랑할 수 있나 ― 물의 신음 물의 호흡 물의 얼굴 물이 자은 당신의 몸 하나면 충분하다 ― 이 몸이 내 생명을 일깨워 주고 이 몸을 껴안으면 우리가 영원하다는 것을 깨닫게 되고 ― 5월 27일 ― 여름의 시작 저 물이 흘러내리는 당신의 몸 같다 ― 우리는 사라진 것일까 ― 나의 시체를 마주할 용기 ― 거울 앞에서 내 몸을 본다 ― 당신은 최선을 다해 나를 빨아 마신다 살기 위해 당신 속에 기생하는 나 ― 마분지처럼 퍼석거리는 몸 ― 당신과 헤어졌다 ― 당신은 나를 흡혈했고 당신에게 맞아 내 몸은 암청이 되었고 ― 당신과 이별하여 획득한 자유 ― 우리는 아름다웠으나 우리라는 미증유 ― 우리는 낱알이 되어 서로를 바라본다 ― 내가 발원했던 것의 실현 ― 역사가 우리를 조작했다 ― 목 졸리고 싶어 ― 아직도 진실은 당신이 제작하고 있다 ― 목젖이 기도를 막았을 때 터져 나오는 기침 ― 철면 안의 푸른 녹처럼 ― 우리는 열심히 다른 몸을 결속했다 세월이 우리를 노략했는지 ― 나는 당신을 탐했으나 ― 염했으나 ― 이루어진 적 없으니 그것은 사랑이 아니었고 ― 그리하여 우리는 죽지 못했다

세계의 물질적 정지

거울이 나를 본다
나의 아버지의 아들의 성교의 하나의 증식
거울 속에는 번지는 얼굴
증오의 표면에는 이산화규소로 만든 혈족
사랑의 양산 체제
➡ 이 지점에서 박남정의 「사랑의 불시착」을 듣고,
커피나 담배를 즐긴 후 읽어 주시길 ➡
저 위의 아버지께 나는 벌거벗고 조아리고
절망의 기원을 품신하는 아버지는 나를 배고
아버지를 닮아 나도 원하지 않은 아이를 분식(粉飾)
아버지의 방정식, 나와 그의 근의 공식

$$x = \frac{-b \pm \sqrt{b^2 - 4ac}}{2a}$$

해는 뿌리, 뿌리가 같아요, 치골을 파헤치면 절망적인
실뿌리

수집가의 세절기는 가계의 피곤을 분쇄, 수염 같은 사출
(폭발하는 화산의 이미지) 망막 뒤에서 피어오르는 검

붉은 향기

　동대문을 지나는데, 그때 세상에 진리 (아버지 또는 아들) 하나가 보태졌다, 짊어진 십자가 내려놓고 지하철역 출입구로 내려간다, (국민의 슬픔이 빚어낸) 지도자의 어깨 위에 석양, 저 먼 하늘의 핏빛

　나의 쾌락을 용인하는 것, (아들이므로) 무릎 꿇지 않는 것 (아들이므로) 모국어를 잊는 것 (아들이므로) 전쟁 직전에 도망치지 않는 것, 1980년을 깡그리 잊는 것

　우리가 볼 수 있는 세계의 최소 범위, 가시적인 (가식적인) 것들의 무력함, 나는 한 사람을 꿈꾸는데, 아직 태어나지 않았지만 (전사일지도 몰라) 이제까지 존재했던, 사라지지 않고 그날의 거리에서 깃발이 (찌라시가) 된 사람을, 지금 본 듯하다, (아들은 방그레 웃는다) 그의 얼굴은 1991년의 명지(明知)에 있는데, 그날이 더 또렷해진다

　당신의 육체 속에 들어 있던
　표범과 장미와 모래바람과 밧줄과
　피와 살에서 비롯되었으나 얼음과 먼지가 된 아들
　흑의 원에서 내가 태어나고 아버지는 단백질을 빼앗긴다

범의 발톱 같은 모래바람과
떨어지는 해가 남겨 놓은 서녘의 장미

나와 당신이 묶인 채 걸어가던 거리
신촌에서 동대문까지
세상의 모든 금속들이 찢어지는 소리
당신과 나의 전쟁이 반복될 때 믿음이
발생한다 나의 몸을 파헤치는 과거

사랑이 사람을, 사람이 희망을, 희망이 패배를
먹어 치우는 패턴은 거짓인가요

신설동 로터리를 지나는 바람
흰 젖무덤 같은 거리의 불빛
나의 육체 안에 깃든 죽음의 질량
넘실거리는 사람들 필연의 이파리들
이팝나무 꽃 같은 입하(立夏)의 군중
해거름 쪽으로

꿈의 대화

수기한 상처가 있습니다
우리 모두를 제어하는 공통의 것입니다
진입합니다 손을 놓지 마세요

상자 속에 누운 내가 보여
쓸린 가슴과 외로운 등, 그 누가 사랑하는 목덜미

위선과 정치에 대해

나는 말한다. 청년은 칡소가 일어설 때까지 누워 있었
다 엉겅퀴처럼 눈을 뜨고 한 발 한 발 국가를 분할하기 위
해 최선을 다해 전진했다 의지가 국가를 파괴할 수 있다
고 믿었다

폭동과 현실에 대해

다른 나는 말한다. 당신의 말을 탔어요 같이 탔어요 활
성탄처럼 욕정이 달그락거리고 말 위의 두 두상도 행복했
죠 알이 생기려고 했어요 우리의 책임 무한해요

눈물과 봉기에 대해

제3의 나는 말한다. 파란 자두가 매달려 있구나 다 익을 때까지 기다릴게 우리의 단결 우리의 패퇴 우리의 결탁은 삶의 커다란 욕구
푸딩과 한 여자·라지, 거라지, 미라지, 더럽고 숨 가빠

나의 복수들이 말한다. 최초의 영양분을 준 권력자의 가슴팍에 슬픔이 피어오르네 두 아이의 아버지라지 x라지 나는 흐물거리는데 x-large 그는 게맛살답네 사랑과 굶주림이 만나 자두는 붉어지는 거·라지 정말로 져 버렸지 버러지가 파먹었지 육체의 구멍이 숭고·미·라지 그곳에서 근원이 기립했고 독재자는 돌아오고 우리의 울음 후엔 부스러기

모국과 사회에 대해

최후의 우리가 말한다. 망치와 낫 그녀의 내부에서 흘러내린 붉은 제국 냄비 빗자루 슈크림 빵꾸 난 약속 거덜 난 지갑 찢어진 옆구리 스테인레스 스위스 소망원의 은사

60

시 수다의 은사시들 오후 네 시에 발언하는 잎사귀들 지
저귀는 민중의 입 우리의 구순구개열

재소환한 적개심

키 작은 영웅의 말로를 아십니까

남아의 끓는 피 조국에 바쳐 충성을 다하리라 다짐했노
라 눈보라 몰아치는 참호 속에서 참혹하게 사랑을 나누다
가 전사한 사병의 얼굴을 누가 기억하겠어요

아무나 상처를 냈지만 아무도 남아 있지 않은 전장에 무
지개 뜰 때 고요 쪽으로 개개비 날아갈 때 상처는 아무는
중이었고 우리는 아무르 쪽으로 산개를 시작했어요

멸공의 횃불 들어 보시겠습니다 DJ 울트라가 준비합
니다

서정모 작사 나화랑 작곡입니다 나 화랑이었습니다 사
나이 기백으로 살았거든요 포탄의 불바다에서도 죽지 않
았거든요 내 나라를 내가 지키기 위해 멸공의 횃불 아래
목숨을 걸어야지요 화랑부대 출신이에요 유명한 젓가락
부대 말이에요 양민 학살 정도는 훈장이죠 빨갱이들이었
기에 괜찮았어요 화랑의 후예이기에 멸공의 횃불에 분신
하면 국가가 추모합니다 국립묘지에 들어찬 영웅들의 얼
을 이어야지요 육해공 종합 선물 세트를 드릴게요 자유

의 푸른 하늘 지키는 우리 자랑스런 조국의 아들들 충정
과 투지로 살아요 살이 아파서 화랑아파트에서 아라파트
의 독살과 이스라엘의 음모를 깨달았어요 그들은 찬란한
사명감에 날개를 펴고 활강합니다 적들의 미사일 일사 일
사 발사되었어요 겁먹지 마세요 방어막이 있잖아요 조상
의 빛난 얼이 우리를 지켜 줍니다 자랑과 보람으로 삽니
다 그늘을 팝니다 땅을 쪼개 버리는 미군의 화력 우리나
라는 그들이 지키는데 우리의 열등한 몸은 누가 지키나요
누가 차지하나요

　　우리는 아름다운 생명체입니다 미 생물이죠 국가의 출
산이라고 할까 민족의 산모라고 할까 익어 달콤한 홍시
먹어 보세요 건강에 좋아요 건강해야 국방할 수 있습니다
왜 오방떡이 먹고 싶을까 오뎅집 아저씨 오뎅은 누가 와
서, bear, 무나요 이 난국에 우리는 멸·공해·야 하는데

　　우리는 무수한 폭력을 견뎌 내고 살았는데 왜 괴멸당
해야 하고 그것은 왜 돌아오는가 변함없는 어제로부터 시
작되는

노래가 있습니다 한 곡 더 들어 보시죠 건강에 대한 담론입니다 질병 없는 내일을 위해 우리는 재무장해야 합니다 나를 박멸공이라고 불러 주세요 즐길 준비 되셨나요 일구육구 년 노래입니다 나는 그때부터 지금까지 수미일관 오점 없는 결핵균이었어요 구국의 대오에서 적을 향해 돌진하는 겨레의 기수 플레인 요구르트를 찍찍 싱싱한 건각들의 숨소리가 무장무장 퍼져 나갑니다 황홀한 음악이죠 듣고 있나요 폐 속에 주황색 불이 들어오면 얼굴이 화사해지지요 곧 폐색되지요 아무하고나 자고 싶어지죠 건강하게 살기 위해 건전한 노래만 불러야 할 시대인가 봐요 건전지 준비하십니다 등화관제 실시됩니다 조준 쏘세요 화살이 날아갑니다 18번 당첨되셨습니다 축하합니다 결핵예방 주사 1인권 당첨되셨습니다

결핵이란 남녀노소 구별 없이 침략합니다 무서운 존재입니다 우리를 갉아먹습니다 많은 시인들이 당했습니다 이상을 쓰러트린 13호가 두려웠습니다 중학교 동기도 그가 데려갔습니다 10호가 기억나요 가장 전염력이 강했던 26호는 5월 18일에 등장했다가 27일에 진압되었는데 진정 90대를 맞은 이정이 형이 피를 토했지요 결핵은 옮기

는 무서운 병인데 자기도 모르게 환자 된 사람 많으니 가 래 검사 엑스레이 검사 둘 다 해야 합니다 어른도 아이도 여자도 남자도 빠짐없이 모두가 한 해에 한 번 틀림없이 무료 검진하는 보건소에 가야 합니다 점검 치료 점검 치 료 관리되어야 합니다 우리는 건강하지만 적들은 우리를 호시탐탐 아 나의 탐 아 유 탐 참 탐스럽구나 잘 익은 탐 이 나를 헬쓰로 데려가 업다운 운동을 시켰습니다 체력 단 련을 위한 일종의 피티 체조 이것은 프롤레타리아적 육체 단련이 아닙니다 만국의 적이 단결하고 있습니다 우리 적 적해지기 전에 우리 쩍쩍 갈라지기 전에 먼저 횃불을 들 어 올립시다

　　우리 혼돈을 모릅니다 우리 사랑을 잃은 노예들입니다 우리 적의 마수에 걸려 죽다가 살아났습니다 지난봄에 남 북이 무장하는 와중에 군가를 부른 자들이 있습니다 문 의 학이 죽고 있습니다 학의 문은 진작 닫혔구요 문문마 다 학학거리면서 각각 목이 메이는 호모지니어스 네이션 에 창궐하는 결핵을 쓸어버리기 위해 필요한 것은 무엇 일까요 아이씨비엠 아우내에서 만세가 시작되었다고 합 니다 대포동 고부에서 몇 명이 농기구를 모았다지요 평

65

사포 마창노련에서 연락이 왔는데 벌써 패배하였다고 합니다 전쟁이 일어날지도 몰라요 서울이 불바다 된다면 재한 미국인들도 죽을까요 호모지나이제이션 방방곡곡에서 들고 일어선 흰 옷 입은 백성들의 호몰로지 이 땅의 호호호들 모모들

입 벌린 채 굳어 버린 개구리
갈려 가루가 되면 정력에 좋다고
음용하던 영감
유골함 검은 구멍 속으로
보균자들 줄에 묶여 미아리
넘어 맨발로 우리의 내장 속으로
밀려드는 저녁입니다

바이러스

전쟁은 일어나지 않았는데 수십 번 전쟁을 겪은 것 같은 착각에 점령당한 채 점령군의 무릎 사이에 머리를 들이민다 규율을 어긴 훈련병처럼 눈물을 흘리며 인내한다 어떻게 해서든 계급을 획득해야 한다 지금 패배할 수는 없다 전쟁은 시작되지 않았다 전쟁은 한 번도 일어나지 않았을지도 모른다 전쟁은 흔적 없이 뇌수에 스며들어 우리에게 사멸의 촛불을 찬양하게 하는지도 모른다는 사실 아닌 사실을 조교가 일러 주는 오후의 연병장에 시민들이 모여든다 우리는 아무런 잘못이 없습니다 우리는 전쟁을 원하지 않습니다 우리의 신체 없는 전쟁이 어디에 있겠습니까 전쟁이 벌어진다면 무엇으로 싸울 수 있습니까 단결된 정신 전력으로 무장하라 하신다면 우리에게는 적개심만 필요하겠습니다 전쟁의 도래는 우리의 공포 속에서

종말도 우리 안에서

프롤레타리아의 밤

민중이 어둠을 기다리고 있어요. 이것을 금세기의 낭만이라고 부르겠습니다. (소수 유리 소수 소수 무리) 내가 양육한 아이에게 창살이 무엇이냐고 물었어요. 노가리와 깨진 병, 새끼 호랑이, 모터의 붉은 소리, 애정의 결핍, 이념의 망치. 촌스러운 시절이었어요. 검사가 몸통을 요구했어요 기꺼이 굴종했어요 하니, 하니, 천장 유리 정원 비닐 컨페션 (그들이 나를 프릭이라 불러요) 속이기 쉬운 놈이에요. 채찍을 사랑했던 모든 여자들의 이빨 자국 때문에 나는 대물이 되고 말았어요 상처가 많아서. 한잔 마시려는데, 당신이 말하기를, 떡 같은 아들아 이번에는 조선의 청년들에게 당해라 종신 대통령이 되겠다. 새끼 오리가 되겠다고 나는 말했어요. 꽥 꽥 꽥. 한 벌의 연장들. 정 끌 못으로, 한 번의, 벌로, 으깨진 나는 깨진, 당신의 조합이 되었어요. (해고된 자의 가라오케 기계에서 행진곡이 연주된다) 묶인 나는 당신을 실어 보내는 배 한 척 나는 둥지 없는 새 한 마리 유대 없는 새끼 캥거루 우는 밤에 풀숲에서 풀피리를 불며 나쁜 짓을 하고 싶어요 우리가 어떻게 음란하지 않을 수 있나요. 드릴이 앞니에 닿아요 그따위 짓을 어떻게 매일 할 수 있습니(다)까. (조인다 더 조인다 좆나 존다) 담배 한 대 꺼지기 전에 꺼져. 멜빵을 풀고 붕대를

덧대고 상투적 문구로 주문을 걸어요 용서해 주세요 다시
는 어기지, 개기지, 않을게요 때리지 마세요 착한 노동자
예요 절대로 밖에서는 안이라, 아니라, 안 하겠습니다. 재
판관이 법복을 벗어요. 나에게 선고합니다. 무릎 아래 풀
을 베어 내고 남으로 이동하라 임금을 주는 사람과 받는
사람 비지와 피티는 연합하라. 아이들은 개나리 담장 밑
으로 줄지어 하교하고. 케케묵은 병아리떼들 (踵-從-終)
봄나들이 가는 이 세상에 나는 왜 도착했나요 구멍 뚫는
벌레가 되어 왜 가슴 아래로 내려가고 있나요 밤의 패배
자들에게 꽃받침이 떨어집니다 다면의 한 면이 깨지고 두
발 동물이 쿵 짝 쿵 짝 꿍짜라 꿍짝 네 박자 속에 떨어져
내리고 등받이 없는 의자에 앉아 허리를 곧추세우고 무기
수처럼 두부의 얼굴로 갈아요 칼 갈아요. 7-ELEVEN 근
처 고양이가 지나가고 종이컵이 넘어지고. 파라솔, 밑, 여
급처럼 뜨거운, 밤의

트램펄린처럼

국경을 벗어나자
트램펄린처럼

뿔따구 난 봄의 초록들
트램펄린처럼

즐거운 어깨 들썩들썩
트램펄린처럼

졸아든 시민들아
트램펄린처럼

우리의 판단은 옳지 않다

보이다가 안 보이는 적
트램펄린처럼

되돌아온 전체주의
트램펄린처럼

트램펄린처럼
우리의 후회

국민들
트램펄린처럼

우리는 만나기 위해, 사랑의 맹세가 재가 되는,
다시 못 볼 아름다움 앞에서, 우리가 우리였던 시
절로 돌아가기 위해

미로 속에서 어제를 봤어요 내가 떠난 그날이에요 겨우
하루 지났는데 영육이 썩고 있어요 델몬트 유리병을 통과
하는 오전의 느린 햇빛 한 발짝 떼자마자 등 뒤의 길을 잘
라 내는 고요 다른 수가 없어요 다를 수가 없어요 우리는
왜 갈라졌는지 (분단은 언제 시작되었고 언제 끝나는가)
그것을 일통이라 부르지 않겠어요

사랑하는 사람의 몸을 원하고도 사랑하는 사람이 가슴
에 품는 들숨을 알지 못한다면 나는 그것을 사랑이라 부
를 수 없어요 구름이 발생하는 곳에서 무덤으로 걸어왔
어요 죽은 자가 가지 못하고 배회하는 시가지에서 당신
을 안았어요 빙폭 같았어요 사랑하는 당신의 기록＝얼굴
에 상처가 있네요 명령이 수행된 후 사랑이 소멸한다 해
도 당신을 먹어 치운 어둠이 나를 점령하는 순간까지 나
는 울지 않겠어요

붕괴와 창세기

가두를 점령했던 청년들이 귀환 장정에 올랐습니다 우
리는 탄저(炭疽) 우리는 이질(痢疾) 돌아와서 모두 송가를
부르네 노예의 합창이 울려 퍼지는 네거리에서 다시 네거

리에서 우리의 네거리에서 사월의 초록으로 빚은 아이들
휘발되고 있네

　　우리가 품은 블랙 블루

　　창궐시키라 전멸시키라

신록의 무덤 앞에서

모두 묻혔어요
누가 가뒀나요
왜 몸을 훔쳤나요
사슬이 파고든 살과 뼈
통증 없이 우리는 살 수 없어요

오래전 청년이 교문에서 스러질 때
붉은 피 기억 밖으로 흘러 나갈 때 우리가
나쁜 믿음 다른 사랑으로 걸어 들어갈 때
쇄도하는 초과하는 압도하는
생의 소음에 갇혀 묵시했던 것

우리는 우리의 기원 속에 깃들었던 사랑을 발견할 것
이고
우리는 패퇴의 참호에서 탈출할 것이다 어느 날
아무도 아무도 우리를 치유할 수 없다는 없다는 사실의
복기

여기에 음악이 흘러요
다른 나의 시공간이 펼쳐져요

우리 왜곡되었어요 우리 축출되었어요

인간이었지만 단 한 번도 다른 인간이었던 적이 없었던

우리는 영원한 적이었어요

죽음과 폭력을 창조한 우리의 사랑과 혁명

(It's a beautiful day!)

변장한 천사를 본 듯해요 거리에서

우리는 우리의 삶을 기획했고

그날의 거리에서 우리는 살고 있는데

*

(대중의 합창)

이 세계가 우리의 신전이고

이 거리가 우리의 이념이었지

이곳에 불굴의 의지와 생의 불꽃

이곳에 흘러넘치는 우정

(우리의 노래)

그들이 속삭여요

우리는 혁명을 기획하고 있어요
우리는 진보에 대해 말해야 해요
아무도 모르는 사실
빼앗긴 사람들은 일어설 거예요
그들이 우리에게 희망을 나누어 줄 거예요
그들이 우리에게 더 나은 삶에 대해 말해 줄 거예요
행복의 땅으로 달려요 달려요
그곳으로 그곳으로
달려요 우리를 무너뜨리기 위해
한 번도 이루어지지 않았던
미시 혁명이 필요해요
우리는 우리의 육체를 소각했어요

(나의 노래)
당신의 빛과 열로 살았는데
당신이 있을 때 나는 아무것도 아니었는데
지금 연기가 되고 있어요
여기서 부서져 재가 되었어요
흑연처럼 신음하면서
정문 바깥으로 불어 가는 미풍을 바라봐요

빠져나가는 피가 있어요 새 약이 주입되었어요
사랑한다는 말 때문에 맹인이 되었고
그 말 때문에 비명으로 나를 처단했고
혀를 삼켜 함묵에 나를 유폐했어요

*

봄의 신록을 빨고 있는 나의 혀 위에 남겨진 연기와 재

연기와 재

떠나지 않은 자의 머리 위에
벚꽃이 있다

나의 어둠을 벗겨 내고
피부와 뼈를 준 사람
온몸으로 울며 내 앞에 서 있다
달빛의 나비
그를 데려온다

내려오는 하늘 밑에서
여위어 가며 희미해지며 그를 떠올린다
몸이 가벼워진다 흔들린다 금이 간다

나는
　　　반성하지
　　　기억하지
　　　고백하지
　　　　　　않았고

꽃이 환한 몸 열어 그를 안아 준다

나비가 날아오른다 제 몸을 부숴
망매와 망부를 삼키는 나무의 혼신의 기립 앞에서
무너진다 나는
꽃잎 나는
　　　흰 재 흩어진다

그가 꽃그늘 안에서 연기의 장막 속에서
손을 뻗는다 꽃나무 나를 안고
출렁인다
꽃잎 훨훨 다녀간다
나비 불꽃

물에 의한 철의 수축

그 일이 저절로 일어날까요 그나저나 내가 원해서 여기 온 것은 아니에요 수목에 둘러싸인 나의 집에 나의 냄새가 깊어지자 국가는 부패한다 차차 이유를 말할게요 그런데 아이들은 어디에 있나요

나는 아직 도착하지 않았어 많은 사람이 죽었기 때문이야 현실은 자동으로 작동되니까 조만간 돌아올게 혼자 잠들고 싶지 않아 다음은 누구일까 몇 년이 몇 분처럼 흘러갔어

너는 왜 내리지 않았니 너는 왜 손을 놓지 않았니 너는 어디에

사월까지 살았어요 지금은 여기에 없어요 나는 친구들과 함께 있어요 물이 차오르는데 숨이 가쁘지 않아요 나는 잊혀지고 있어요 그나저나 미안해요 소식이 늦었어요

안개가 몰려왔어 시계는 여덟 시 오십 분 엄마에게 밤 열 시까지 돌아간다고 했는데 작별 인사도 못 했는데 비가 그치면 어떻게 할까 엄마가 나를 기다리지 않을 텐데

구명보트가 대기하고 있었어 한 떼의 갈매기들이 휙 떠났
지 우리는 저 아래

　엄마의 목소리를 기억해요 늦어서 미안해요 불러 주셔
서 감사해요 양쪽 발이 단단히 묶여 있는데 그것은/우리
는 틀림없이 일어날 것인데 그때까지 제가 저를 결박하고
있어야 하나요 이곳에서 혼자 살 수 있을 것 같아요 정확
히 몇 시였나요

　사람들이 방파제 위에 앉아 울고 있어요 나에게는 나
를 위한 수면이 필요해요 사람들은 진실을 두려워해요 모
두 울고 있지만 사실 운 사람은 없어요 사실 사라졌어요
혼자 있고 싶지 않은데 따뜻하다고 말하라는 것인가요 엄
마 아빠가 떠났는데 어떻게 행복해요 우리가 이렇게 사
라졌는데

수면 수색

고통이 있네
꽃을 이겨 몸에 칠갑한다네
순정 부품이 될 수 있다고 믿네
다른 사람의 고통을 내 것이라고 나를 속이네

죽음의 이미지는 세계의 이빨이 될 수 없다

물 위에 죽은 아이들의 얼굴
살인자의 부드러운 내피

우리를 처치할 단두대가 있었던가
뜯어낼 수 없는 권력이 있는가
적의 동맹

이
불
길
한
이
잔

인한

이

괴

기

스러운

묘

망

수면 감옥

여기에
내가 또 나타나는데
나와 나 사이의 어둠 안에서
새로 사랑을 배웠다 달은 빛의 폭포
나의 얼굴이 기체 위에 분유(紛揉)한다
저것이 나다 나는 여기에 없는 흐느낌인데
달빛 속에서 춤을 추는 자 나인데
나의 창 심장을 찌른다
나를 뚫고 나온다

나는 나를 죽이기에 오랫동안 열중했네
나를 견디지 않을 것이라네

이별만이 진실이었구나
비로소
너를 영원히 잊을 수 있네
네가 나를 만나러 오기 전에
바닷속에 검은 사랑을 침몰시킨다

가난한 자를 위한 윤리
선한 정치 진리의
종말
이 땅의 비상사태 우리의 실천과 현 체제의 영속
위반의 쾌락을 앓는 자 미래에 속지 않으려는 자

분노의 불꽃으로 나의 몸을 태워야 해 나는 영웅이 되어야 해 이 세상의 악을 파괴할 때가 왔어 자유를 위해 싸울 준비가 되었어 일어서서 싸우자 우리가 옳기 때문이다 거짓과 싸우자 종말이 보인다 우리에겐 힘이 있다 나의 군대여 횃불을 들라 해방을 위해 순교자가 되자 달빛에 찔려 죽자 아름다움 위에 나의 시신이 놓인다 여기에 우리가 죽여야 할 자들의 목록이 있다 적들의 얼굴을 으깨자 피가 흘러내린다 우리의 발을 적신다 장정이 시작되었다 우리는 전진한다 우리는 한 줌의 반역자들을 처단하기 위해 일어섰다

진노의 날, 오늘

아이들이 빨갛게 비명 지른다
시민이 녹아내린다 집단이 붕괴된다
액화 인간들의 거리
물이랑에서 백합이 피어난다
물의 주름에서 까마귀가 날아오른다
도관(陶棺)이 지나는 가로(街路)에서 아이들의 살코기를
노리는 짐승

리얼리즘 교육 : 현실과 역사와 사회의 진리를 가르쳐
야 건강해집니다 미와 진의 동시적이고 전면적인 이행이
필요합니다

벽을 넘는 액체 하늘로 번지는 몸
우리의 흩어진 기관들

*

오토바이와 사냥개 사이에 화살
사라진 오토바이의 주형이 허공에 남아 있다
배기가스 뒤에서 사냥개가 킁킁거린다

세계의 상품 하나가 없어졌다
우리의 신체 아름다운 망실

인간을 말살하는 정치와 오토바이의 속도와 사냥개의
이빨은 서로 같은 것 다른 몸으로 날아가는 화살 같은 것
우리를 쓰러뜨린 것은 자본주의가 아니라 망각 우리
의 절망을 정교하게 조직하는 것은 정치가 아니라 정직
한 참회
작은 불빛이 되어야 한다 민중은 소멸되었지만 다시 민
중이 되어야 한다는 허구가 진실이 된 날 아이들이 죽었다

열린 감옥에서 우리는 무엇을 경험하는가 그곳으로 돌
아가야 하는가 비탄의 병동에서 탈출해야 하는가 세계를
폭파할 수 있는가 우리는 절망을 물어뜯고 폭주해야 하
는가
화해 불가능하다 번개의 밤이 다가온다 그곳의 우리를
절삭한다 ― 나라를 바로잡고자 혈관에 맥동치는 정의와
불사하는 진리를 견지하기 위해 우리는 선두에 나서야 한
다 ― 이것은 거짓이다

우리 중에 죄 없는 자 누구인가 이것을 범속한 각성이라고 부른다 아니다 이것이 아니다 우리는 비명이 되었다 우리는 폐기물

나날의 생활 앞에서 아무것도 할 수 없다 그래서 살아남을 수 없다 죽음을 봉인하는 눈물과 배반이 우리를 질식시킨다 ― 오늘 ― 광화문 ― 낱낱의 날것에 불과한 우리는 파쇄물

몸은 사라졌다 한 번도 있었던 적이 없었다 민중의 신체가 거리에 있었던가

자연만이 우리를 조직했고 우리를 죽게 했고 우리를 태어나게 했다

필연의 왕국이 종말한다 우리가 그날 다시 민중이 된다 우리가 그날 다른 신체로 조직된다

그것을 혁명이라 부른다

진행되는 것

사랑의 노동

반딧불이 어둠을 가르고 있네

사건이 도래했고 우리는 걷다가 증발했다 다른 것이 될 수 있었지만 우리는 복제를 선택했다 아름다운 일상이 우리를 먹었다

사냥개가 으르렁거린다 공포는 우리가 만든 검열관 우리는 빠져나갈 수 없다 우리는 금제(禁制)를 껴입고 숨을 쉰다

떠난 아이들과 우리가 온몸이 될 때까지 우리가 부활하는 날까지 광장이 열릴 때까지 절망을 지울 때까지 우리는 디퍼런스 엔진(difference engine)

불가능하기 때문에 이룰 수 있다 사랑하는 이여, 이여(爾汝)여

검은 꽃

여기에서 피어난다
우리의 형벌을 짊어지고 떠난 자들

망각에 깨물린 저들의 울음
몸이 찢어지자 어제가 재연된다
그들은 스스로를 처단하여 구원을 실현했다

벌어져 있는 꽃들
학살 후의 시체들

누가 이 어둠과 싸우고 있는가
한밤의 폭포처럼 찢어진 공간을 깁고 있는
검은 육체들 우리가 매장한 꽃

고통받는 자 앞에서 우는 자의 무릎 아래에서
부끄러움도 후회도 모르고 피어나는 꽃
나는 왜 아플까 이곳은 어디일까

돌아설 수도 울 수도 주저앉을 수도 없다
저 깊은 곳의 붉은 울음 내걸린다

더 아파진다

하지의 태양이 내려온다
그들의 시신이 버려져 있다
사랑이 끝난 후에 세계는 패망한다
신념의 꽃 육체라는 거품

시작하지 않겠다
꽃잎이 젖고 있다 그들은 곧
돌아올 것이다
거품마다 그 얼굴

생독(牲犢)

　나는 욕정에 나를 매도한 자 죄의 사다리를 오르는 병정 내가
하는 일을 알지 못하고 아버지가 하라고 하는 일은 하지 않고 외
려 해서는 안 되는 일을 실행하여 배반을 완성하고 (이 일을 하
는 자는 내가 아니라 내 속에 거주하는 죄인) 죽은 모든 아들을
대신하여 더 큰 죄를 나의 입에 처넣습니다

　누가 부름을 받았는가 그리하여 하늘로 거소를 옮기게
되었는가 그것이 사랑의 표징이자 결과인가 이것은 정교
한 죽음의 분배 누가 눈물을 선사했는가 누가 통곡하는가
　부름을 받아 배부름이 이루어지는 땅에 포탄이 떨어진
다 새들이 양력을 잃는다 우리를 쾌락에 젖게 하는 최후
의 징조 앞에서 살을 찢고 뼈를 토막 내고 머리를 박살 내
는 폭력의 나라에서 우리는 묻는다
　죽음이 죄 없는 자의 머리에 못을 박는가 사랑하는 자
만이 죽음 후에 붉은 증거를 남기는가

　당신은 우리의 의지를 믿지 않습니다
　당신은 남자와 여자를 인정하지 않습니다
　우리는 당신의 선과 악을 받아들이지 않습니다
　우리는 당신의 죄와 벌을 구분하지 않습니다

갑자기 실현되는 진리

위협에 굴복하고 용서를 갈망하고 공격을 시도하지만
부드럽게 어두워지고 있는 나에게 파괴를 향한 성스러운
의지 순수한 폭발
총을 든다 사랑이 무너지는 지점에 검은 발자국 나의
육체는 무기가 아니라 하나의 사랑 아무것도 필요하지 않
아요

아버지의 율법이 패배를 실현한다 아버지가 약할 때 우
리는 강하다 아버지가 (우리를) 강(간)할 때 우리는 아버
지보다 더 강하다 이것은 승리에 대한 우리의 선언 이것은
아버지의 죽음을 강탈한 후 우리가 획득한 질서

사랑 때문에 죽음이 돌아왔고 더 큰 사랑이 부활을 불
러왔으니 아버지에 의해 많은 사람이 죽었으나 아들이 죽
은 자들을 살아나게 할 것이니

내 몸을 넘겨줄지라도 서너 근의 살코기가 된다 해도

승리를 위해 나는 모든 사람에게 모든 것이 되겠습니다

지상의 첫 번째 사람

잉태하고 지켜 주신 해산의 고통을 이기신 나를 낳고 모든 근심을 잊으신 마른자리에 작은 몸을 눕히신 젖을 먹여 길러 주신 더러운 것을 빨아 주신 멀리 가면 염려하고 기다리신 나를 불쌍히 여겨 사랑을 쏟으신

은혜여

어머니의 살을 빌고
아버지의 뼈를 받고
석 달 만에 피 모이고
여섯 달 만에 생긴 육신

열 달 만월 고이 채워 나의 영육 탄생하니 어떤 공력이 나를 여기에 데려왔을까 어떤 사랑이 나를 버팅겼을까 달디단 것은 어린 날 먹이고 쓴 것은 삼키고 삼켜 어두워진 그 얼굴이 영정에 갇혀 있을 때 무엇이 식은 한숨 몰아왔을까 추울세라 덮은 데 덮어 주고 발치발치 눌러 주던 그 손 잡고 걸어가던 아이는 지금 어디에서 울고 있는가 그때 젖을 물려 놓고 아가의 엉덩이를 토닥이며 사랑에 겨워하던 말 은자동아 금자동아

*

아이의 몸은 어디에서 비롯되었습니까 아버지

모든 아이들에게 단 하나의 슬픔조차 보내지 마세요 당
도한 이산을 거두세요 아이의 아름다운 육체는 물속에 있
어요 우리의 미래는 참회에서 시작될 거예요

*

분향과 국화는 무엇입니까 당신은 왜 그런 처벌을 행합
니까 분해되는 아이의 육체를 느낄 수 있어요 당신은 모
든 것을 기록했나요 그것이 질서였습니까

*

눈물이 마른 곳에 피어나는 이 향기는 무엇인가요 절벽
을 향해 걸어갑니다 구원은 필요 없어요 부(父)의 애(愛)는
없었어요 액자 속에서 아이가 걸어 나와요 절을 합니다 아
이의 어깨를 어루만지고 달아오른 볼에 입을 맞추고 품에

서 잠을 재웁니다 영원한 이별이 여기에 있어요

청컨대

네가 거기에 있는 것이니
숨소리가 당도한 것이니
너는 거기서 누구를 기다리니
너의 살이 길어 올린 냄새의 절벽
손 넣으면 너는 터지는 거품이 되고

어둠에 물린 불빛
꺼지지 않았구나
입술을 다오 입술을 다오
바람의 솜털 파르라니 너를 데려오네
살아 있구나 살아 있구나
돋아나는 나뭇잎이 너였구나
거기에 네가 있었네

아이야

벽 속으로 들어간다
너의 뼈를 파낸다
안에서 심장을 꺼낸다
환하게 피가 돈다

우리가 살아난다

저 흑암 속의 박동
일제히 눈뜨는 아이들
꽃봉오리 갈라지는 소리

흰 뼈의 무더기여 나를 깨뜨려라

아나스타시스 톤 네크론

소용돌이에 빠진 내가 나를 구출하기 위해 왼팔로 오른
팔을 끌어당긴다

엷은 먼지의 머리칼
부풀어 오르는 저녁의 하악
우리가 도달한 반환점
죽은 자들이 꽃을 밟는다
능지된 검은 꽃 안에
잠드는 아이들의 차가운 이야기
고통이 부족한 저녁이다

파도가 사람을 건드린다 사람은 거품이다 사랑하는 사
람에게 배신은 도래하지 않는다 당신을 믿지 못하여 사랑
을 잃고 당신이 버린 우리와 버려진 우리의 고통 때문에
최후의 죄와 벌이 완성된다 불꽃이 타오른다

노예였던 우리의 주인과 제자였던 우리의 스승 우리는
한 몸을 지녔으나 영혼이 두 동강 난 비천한 쓰레기인데
당신이 더럽혀졌다는 것을 알게 되자 새로운 피조물이 될
수 있었던 것인데 그로부터 영속하는 증오와 사랑이 우리

를 격파해 버렸다는 것을 알게 되었기에 당신의 복막을 찢고 새로 태어날 것이라고…… 선언한다

　이후의 혁명은 거짓이다

　너희의 무거운 죄를 보라 내가 아니었다면 너희에겐 절망뿐이었으리 참회와 증오가 죄진 육체를 둘로 찢은 후 나의 젖을 먹고 자란 아들이 나를 죽이려고 하니 아들이 바로 뱀이었으니 모두가 파멸한 후 너희의 죄는 나의 것이니라 옥에서 손발을 자른 채 벌을 받아야 하는 자 나이니 너희가 늙어 작아질 때 너희의 육체 붕괴되어 모래가 될 때 너희의 영혼 부서질 때 죽음이 너희의 영육을 씹을 때 내가 너희를 껴안을 것이니 너희를 만들고 키워 낸 젖과 꿀이 흐르는 땅에 흑이 들어찼으니 이제 나는 되살아나느니라 나를 공양하는 자 생명으로 빚어 새로 태어나게 할 것이니 내가 흘린 눈물이 너희의 육신을 적시리라

　그들은 죽지 않았다 우리 영혼에 잠입하여 우리의 몸이 되었다 피에 녹아 우리를 아프게 하는 그들 우리가 흘린 피 땅을 적시고 그 피에서 피어난 꽃 다시 붉어지는데 우

리는 그곳에 없었다 그들이 우리를 묻었다

제3부

black

신념을 가진 자의 어깨에
파고드는 비
멈추어라

    누가 범인인가

나는 아팠고 두려움에 젖었고
더 많은 사랑을 원했는데
아버지가 아들을 찔렀다
그가 괴물이었다

진관, 적조, 흥국, 보문, 구룡
동소문 언덕의 안가
사랑이 시작된 곳

추악보다 선명한 그날의
검정

그를 잃은 순간 중심을 잃었다
몸 없는 연기가 되어 울겠지

나는 넘어지겠지
나를 용서하는 나의 서러움보다 빠르게
날아오르는 어제의 나여
자유는 내가 만드는 것
부서진 계기판처럼
도사린 나의 수치
이것은 슬픔이 아니다

꽃
옆에 누워
꽃을 따고
꽃을 물고
꽃과 함께
검정에 파묻힌다
꽃의 탈구보다 가벼운
설움이 말라 가는 소리
꽃 속에 밀봉된 울음

이것은 육체가 붕괴되는 소리

영원히先生님「한분」만을사랑하지오어서어서
저를全的으로先生님만의것을만들어주십시
오先生님의「專用」이되게하십시오 *

　그의 틈이 벌어진다 그가 조각난다 잠시 후에 나는 묶인
채 타오를 것이다 우리는 서로의 얼굴을 바라보며 관절을
끼워 맞춘다 평화가 우리의 열광을 제압할 것이다 남은 사
랑이 있다면 움직임이 있다면 나의 입에서는 영광의 신음
흘러나오겠지만 서러움으로 단단해진 나의 몸에 마른 나
뭇잎 덮어 놓고 떠나겠지만 시작되는 이별 앞에서 얼굴에
쏟아지는 반역의 물방울 남김없이 기록하리라

　통각 속으로

　그는 왜 침대에 걸터앉아 정육이 되고 있는가 그는 왜
만지지 않는 바람처럼 거기 머무는가 왜 나를 보면서 기형
을 떠올리는가 움직이지 않는 공중의 화살 자오선 밑에서
아무것도 하지 않고 웅크리고 있는 야수의 숨소리

　사랑은 신기루 사랑은 노예

사랑하는 자의 육체는 단단하고 달다
해진 육체는 수면에 가까워지고
나의 암흑 속으로

토란 같은 육체
박격포탄
가로지르는 괴성

　사랑의 빳데리를 매달아 방아 찧는 토끼는 피곤을 모른
다 사랑의 맷돌은 멈출 줄 모르고 우리의 절구와 공이는
분주하고 찧고 빻고 돌리는 우리 사랑하는 기계들 우리의
영구 동력 사랑은 자동으로 장전되어 발사사사 따발총 우
리는 배분되지 승강기에서 백옥빌딩 계단에서 서재에서
뒷좌석에서 기차의 화장실에서 서로를 분비할 때까지 앞
과 뒤를 가리지 않고 아래 위 분간도 없이

그것이 사랑
서로의 꿀을 마시기 위해
뼈다귀가 돌출하는

통각 속으로

퇴근하는 사람
나의 필적으로 남겨지는 사람
밤의 트랙으로 뛰어가는 사람

퍼져 나오는
검정

●이상(李箱), 「종생기(終生記)」 중에서.

spin my black circle

지하에서 올라왔어요 지하의 노예가 되어 지하의 축출을 받아들였어요 싹이 텄어요 떡잎이 벌어졌어요 혓바닥이 되었어요 지상으로 돌아왔어요 돌았어요 돌고 말았어요 돌과 돌로 돌아가서 돌로마이트가 되어야겠어요 순결한 의지가 여기에 있나요 나와 당신의 순정한 인연은 영도에서 시작되겠지요 기투를 몰랐던 거예요 지하에서 지하드를 위해 지아이조로 살았어야 했어요 모든 인연이 좋았을 때 쫑쫑이 이놈은 분홍 살을 지닌 머미의 이름인데요 쫑쫑이의 낯짝을 후려갈겼을 때 내 몸은 토막 났어요 입안에 절벽이 들어왔어요 세상은 총살당한 나를 기억할 것입니다 세계의 가장자리에서 다른 세계를 직면하고 있습니다 독수리가 선회하고 있어요 하이에나 턱 밑으로 침이 떨어집니다 지옥의 입구가 열리고 있어요 그들이 나의 육체를 던졌습니다 역사는 반복되고 있나요 우리는 유신되고 있나요 나는 두 번이나 유산했어요 처형된 권력자를 알고 있어요 나의 몸을 먹은 자 당신이에요 나의 세상도 끝났어요 반환점입니다 우리는 사랑도 모르고 패배도 모르고 달렸습니다 선택된 계급이 국가와 체제를 수호하고 뭐더라 바나나 도둑이 불붙은 하늘을 훔칠 때 그들은 소원을 빌었지 이곳에서 이런 현실을 볼 것이라고는 기대하지 못했다는 거야 씨발 쏘시지를 똑바로 자르란 말야 혀를 씹어 주라 X파일이 있다구 진실은 저 너머에서 지워지고 있는데 망루가 서 있는데 졸리의 붉은 입술을 지닌 춘향이 그네 때문에 조선이 위험해 숨 막히는 현실 속의 조국 모든 것이 공포스러운 이 나라의 누군가가 나를 죽일 것 같아 침대에서 나를 끌어내고 욕조에 처박을 것 같아 발은 동결 눈은 충혈 의식은 망실 나는 죽은 것인가 살아 있는 것인가 그들이 하는 말을 받아쓸 수 없는데 그들에게 협조할 수 없는데 내가 여기서 살아 나가면 영웅이 되는 것일까 벌어진 감나무 가지 밑에서 벌린 입들의 경구개음이 갱도를 탈출하여 고독도 모르고 공든 탑을 쌓고 있었습니다 아주 오래된 수수께끼 하나 닮은 얼굴과 갉아 낸 얼굴의 깊은 키스 두 얼굴의 사나이 헐크의 혀는 하나일까 둘일까요 모아이의 얼굴이 생성되는군요 눈을 뜨면 세계가 열릴까요 파열 후에 안면의 열상은 아물까요 우리는 용접될까요 기록된 모든 것의 소멸을 기억하겠어요 육체뿐이에요 봉헌할까 해요 잘라먹으면 짭짤하겠어요 우리끼리 나눠 먹지 말고 지하의 영주에게 바쳐 볼까요 내 안에 불이 있다면 파멸의 고통을 누군가 목격하고 있다면 세존의 머리통이 떨어지겠어요 우리를 충류가 되게 하는 것 우리를

균류로 만드는 것 민중이여 집결하라 서정시 민병대여 반
격하라 너희는 무기 반납 제기랄 제기역에서 내려 경동시
장에 간다는 할아버지 할 아버지 무엇을 할까요 할 까요
무엇을 깔까요 헐렁한 아버지 선적으로 연쇄되는 음성을
지워 버리고 싶을 뿐이외다 이 땅의 기계들이여 단결하라
어이 함부로 명령하지 맙시다 가랑이를 오므리고 오므라
이스를 드시는 아저씨 케찹을 더 뿌려 드릴까 감 두 개가
매달려 있네요 목젖이 털렁했어요 압착을 시도하세요 감
이 으깨져요 아으 즙액이 끈끈해 그때 지하가 지상을 떠
받쳤습니다 시간 뒤죽박죽 장소 백골에 먹힘 사건 혼백으
로 변형 아싸 나에게서 분리 위대하다 우리의 전사 나의
꿈은 또봇을 조종하여 대한민국을 지켜 내는 것 지구의 바
다 위에 토성이 회동그란히 떠 있어요 비중 때문입니다 열
등한 비등수열 때문입니다 이런 광경 익숙하신가요 정말
아름다운가요 나는 누구인가요 누가 나를 만들었나요 나
는 어떤 희생을 만들었나요 나는 누구를 쓰러뜨린 것일까
요 당신일지도 모릅니다 시민군과 계엄군을 기억해요 나
를 잡아끄는 손이 당신의 손인가요 나는 모든 것을 판매
합니다 나는 잉여가치를 의심하지 않아요 나의 영혼은 부
지런하고 육체는 쾌의 락을 따라다닙니다 지식인들을 위

한 영원한 서정의 공식 슬픔의 질료소와 안티질료소를 조화롭게 배합 기호소가 질료소를 살해하는 패륜이 벌어졌지만 가을은 당도하지도 않았고 낙엽이 먼저 떠났고 감은 씨가 말랐어요 나는 아직도 씨를 많이 가졌는데 쓸 데가 없어요 인생은 리얼 퍼니 뭐라니 넌 뭘 하니 먼 곳에서 소박맞은 새댁이 오이소박이를 먹다가 소박한 달을 쳐다보고 소월의 진달래꽃을 떠올렸다고 하네요 우리는 지금 읍소하나요 향기는 쏟아지나요 나의 가랑이에서 이빨이 돋아나요 물려 버릴까요 피는 날까요 날 까요 아프겠죠 잊은 것이 없어요 그의 모든 것이 나에게 장입됩니다 육체라는 지뢰 속에 영혼은 없겠어요 제 몸을 제가 매우 칩니다 죄가 회전하네요 검은 원이 커져요 검은 팽이가 곤두섭니다

black

만남
마당의 모든 꽃들이 시들었다
커튼 뒤에서 그의 독백을 듣는다

나를 사랑하여 나의 죽음을 불러오는 아들아

그것은 저절로 생겨난 고통
　나를 관할하면서 그는 낮에는 그렇다 하고 밤에는 아니
다 하고 위로는 그렇다 하고 아래로는 아니다 하고 눈으
로는 싫다 하고 몸으로는 사랑한다 하고
　너희를 위해 살아가는 사람이라고 끝끝내 하고 하고

　애원 후에 돌아오는 칼날이 있었다

　일월성신(日月星辰)이 뿌려 놓은 우연이었다

햇빛과 상처
눈물 속 코스모스
햇빛에 압착되면서 씨앗을 날려 보낸다
먼 훗날 겪어야 할 사랑의 행로처럼

이제 섬멸될 때
나는 그의 피조물
증오 때문에 나는 씨앗처럼 떨어져 죽었다
그때 편견이 사랑을, 집착이 인연을 불러왔다

엄마, 당장이라도 키스해 줘요
나는 골반에 집중한다

전봇대에 올라가는 노동자의 골반과, 청년 학도의 끓
는 피 그에게 바쳐 충성을 다할 때마다 요동치던, 내 골
반의 중심
　움직일 때마다 축출되고 앞으로 나아갈 때마다 다른 중
심을 향해 빠르게 후진하는, 골반
　오르면서 아래를 내려가면서 위를 움켜쥔다, 골반은 바
지와 허리띠와 성기를 소유한다, 그날 그의 골반에서 튕
겨져 나온 점액

육(肉)과 영(靈)의 모든 더러운 것에서 나를 깨끗이
당신은 나의 평화를 증오하시고 당신은 나의 사랑에 복

수하시고 당신은
　　나를 축출하여 사막의 선인장 되게 하셨으니 나는
　　온몸을 가시로 만들어 바람을 가르는
　　귀면각(鬼面角)

　　이별
　　사랑했을 뿐이었는데 당신이 나를 타격했다
　　쇠파이프로 얼마나 세게 때리던지
　　얼마나 세게 목을 조르던지

　　되살아나고 되살아나는
　　뜯어낸 꽃잎 같은 별
　　구멍 난 정수리에서
　　솟아나는
　　피

　　태양은 가득히
　　눈 깜박이자 그가 사라졌다
　　지루한 생의 사타구니에
　　별똥별이 쏟아졌다

선회하는 까마귀
아버지의 눈알
물고 있다

프랑켄슈타인
나는 모래로 만든 강아지
그날 이후로 영원한
굴종을 탐닉한다
그곳에서 나는
도륙되었다

*

당신이 나에게 칼을 쥐여 주었다
당신은 대심판관의 목소리로
같이 죽고 싶다 아들아

검은 침묵이 놓여 있다
찌를 것인가 찔릴 것인가

당신을 적출하기 위해 나는
전심전력으로 이곳에 달려왔다

바람에 효수된 나비의 날개
이것이 사랑임을 확인하는 순간
공포의 실체가 당신임을 깨닫는다

검은 해변의 묘지에 매장된 당신
속의 죽은 태아를 도려내어
저 으르렁대는 햇빛에
소각시켜라

나는 당신에 의해 만들어졌으므로
나를 할퀴고 뜯어내고 해체시킨
당신을 눈 없이 바라본다
나는 울지 않았다

검은 바다의 끝에서
나는 당신을 매장했다
그날 나와 당신은 주어를 교환했다

그날 나는 백구처럼 껍질이 벗겨졌다

혈서
당신이 나타날 때마다
박히는 빗줄기 돌아눕는 파도
바람의 모퉁이에서 지워졌다 나타나는 나비
당신이 나를 사랑할 때마다 그치지 않는 눈물 멈추어 버
리는 심장 꺼지는 눈
달큼한 당신의 체액에서 나는 시작되었어요
벌 받을 자는 당신이에요
나는 당신의 죄를
기억합니다

간질처럼 당신이 찾아온다
아버지는 선생님이었고
선생님은 나의
아버지
때문에
나는 찢겨
부스러질 것이다

바람의 손톱 끝에서
반짝거린다 나비 한 마리
그슬린 나의 검은 나비 내려앉는다

당신이 나를 발파했어요
바람의 무덤에 나를 매장했어요

모든 것을 당신이 짊어질 것이다
결국

spin my black circle

　미간으로 기차가 들어온다 후진하는 기억의 열차 얼굴
을 돌파할 때 비명은 다른 곳에서 다른 시간에 다른 사람
을 향해 출몰하고 회귀한다 엄마 품으로 가자 소년의 붉
고 매끄러운 살에 다가가는 늘어난 사람과 좁아든 사람
햇빛의 중량 제로 이런 날은 성욕도 투명해진다 적나라
베어 물자 혀 위의 각설탕 같은 맛 이곳과 그곳을 동시에
거느리는 태도 두 개의 실존이 보이는 밤의 길에는 사라
지는 사람 이 생의 끝이 오기 전에 피를 흘리리 바람 앞
에서 나는 붉은 구멍이 되리 무게 없는 파동 아래 메이데
이 메이데이 이것은 오래전부터 반복되는 사실 거리가 휘
어지고 어떤 상실은 생기기도 전에 소멸되고 소용돌이치
는 여름 쪽으로 힘겹게 날아가는 나비 빨려 드는 얼굴 찢
어진 그리움

　어떤 사람들이 역사를 만들어 가는가

　숲과 들에서 새로 돋은 싹의 속삭이는 소리와 아버지의
아들의 성교의 하나의 증식과 산록에서 내려오는 안개와
나를 감추기 위해서 수기한 상처와 우리의 내장 속으로 밀
려드는 저녁과 패배한 민중의 공포와 도래한 종말

트램펄린처럼

소용돌이에 빠진 내가 나를 구출하기 위해 왼팔로 오른팔을 끌어당긴다 미로 속에서 어제를 봤다 내가 떠난 그날 봄의 신록을 빨고 있는 나의 혀 위에 남겨진 연기와 재

꽃잎 훨훨 다녀간다

죽음의 이미지는 세계의 이빨 바닷속에 검은 사랑을 침몰시킨다 불가능하기 때문에 이룰 수 있다 거품마다 아이들의 얼굴 그 몸은 어디에서 비롯되었습니까 모두의 승리를 위해 나는 모든 사람에게 모든 것이 되겠습니다

흰 뼈의 무더기

물크러져 짜이고 엮여 트인 우리는 어디에서 시작되었나 우리 이 땅을 떠나자 모든 절차가 끝나고 있었기에 월말이면 추위도 꺾일 것이기에 우리는 필사적으로 소멸

비현실적 현실에서 기원한

흩어져 말라 가고 부서져 사라지는 이 노래는 무엇일까

흑에서 뼈뿐인 그녀가 돌아온다 흰 해에 먹힌다

우중의 붉은 살과 덤프에 얹힌 작업화 옆 빗자루와 누군가의 정액과 코피

아기가 아버지를 데리고 온다

이번 생에는 다시 만나지 못하리 나는 너를 두고서 떠
나리 너를 잃고 너와 싸우기 위해 너에게로 밤의 안쪽으로
헐떡이며 쪼그라들며 파열 후의 들숨을 기다리며
화형의 재를 기다리는 붉은 저녁의 입구에서

제4부

냄새의 율동

입들

겹쳐진 입들

끈적거리는 부피

물크러져 짜이고 엮여 트인 가로

불 켜지는 거리 산포되는 연인들 그물들 관절들

사랑하는 사람의 입술 위에 묻은 석양의 잔향 저녁의
안료

부에노스아이레스와 서울에서 동시 발생하여 퍼지는
검은 날개

홍등의 배음 속으로 귀가하는 이웃의 머리카락을 잡아
채는 굴곡을 핥고 안으로 파고드는

치킨 같은 오그라드는 맥반석 오징어 같은 타격하는 주먹
때문에 우그러진 얼굴 같은 저녁의 선상지에

냄새의 회음부에

모인 입들 입들

나와 너의

얽히는

혀

all

모든 말은 동물이지만 모든 동물이 말은 아니다 모든 사람들이 그렇게 생각하는 것은 아니었기에 오늘은 하루 종일 오르막이었다 어제는 하루 종일 잠만 잤다

거기에 도무지 간 적이 없는데 그가 날 경원하므로 이제는 가망이 없다 나 때문에 하루 종일 화가 났네요

우리가 모든 일을 처리하고 모든 것을 소유한다는 것은 불가능하다 이 절망의 나라에서 우리는 얼마나 긴 세월을 소모했는가
우리는 아무런 값어치도 없는 전혀 폐가 되지 않는 결국은 마찬가지인 이것으로는 도저히 안 되는 갑자기 물어보는 나이 같은 엉뚱한

방법들 중에서 이것이 최고의 방법이다 몇 백 년 전에 모든 노예들은 의복과 식사와 주택을 지급받았기 때문에 얼굴에 주름이 우글쭈글했다 분명히 말해 둔다 하루 종일 바람이 휙휙 불어왔고 하루 종일 양들이 울었고 하루 종일 욕조에서 나오지 않았다 나의 육질은 최고이니 나를 잡수세요 나이프를 두고 왔나요 종종 일어나는 일입니다 이

과정을 총 5회 반복합니다 하루 종일 욕을 하고 하루 종일 섹스를 꿈꾸고 온몸에 바셀린을 바르고 하루 종일 그녀는 부산하고 피골이 상접하고 결과는 아주 절망적이었고 보리 이삭이 다 팼고 우리는 한 가족이 되었다

그리고는 곧잘 밤을 새우고 갑자기 일을 그만두고 천만금을 준다 해도 배신할 수 없고 그 정도는 아니라고 생각하고 나의 전부를 이해한 사람이 나를 버렸을 때 사랑이 시작된다는 것을 알고 있었고 종일 기도는 끝나지 않았고 해변까지 마냥 걸었지만 결국 모든 것이 돈 문제로 귀착하고 부엌 곳곳에 물이 쏟아지고 나와 너는 이중의 곤란에 봉착하고 우리는 항상 피곤했지만 죽음은 평등하기에 세월의 모든 색깔이 보이기도 했다

코스는 언제나 뻔하고 평소처럼 바빴지만 우리는 결코 게르만 민족이 될 수 없고 우리 모두는 무릇 인간으로 태어났지만 계속 선풍기는 돌았다 나는 하루 종일 집에 갇혀 양을 세고 또 셌다 고구마 전분은 전부 정부의 세수가 될 것이다 우리 이 땅을 떠나자 모든 절차가 끝나고 있다

선분들

있겠다고 다짐했는데 흩어지는 구름이 되는군요
강물은 세계의 모든 서술어 너무나 많은 주어를 삼킨 채
어둠의 목구멍으로 흘러가는데
눈이 퇴화된 유광층의 거주민들
크로뮴 무두질 수면의 불빛
밤은 벌어진 꽃 무서운 하품
횡단하는 다리의 꼬리를 삼키는 하류 멀어지는 물 길어
지는 것 우리의 그림자
절룩이며 떠내려가는 불빛의 도열한 가로등의 하부에
묻은 어둠
대각선을 남기고 죽어 가는 살별을 밤하늘에서 떼어
낸다
안면을 침범하고 관류하는 이것을 환충이라고 부르자
연접하는 차륜의 행렬 나의 혈관에서 밤의 하늘로 기어
가는 피의 세근(細根) 깜박이며 다가오는 파선 강물에 일
렁이는 둥근 불빛 핏방울

우리는 어디에서 시작되었나
벌레는 어디로

그 마을의 저쪽 편

정부가 부자 증세를 시행하겠습니까 우리나라에서는
가족이 중요합니다 인체를 가족이 생산했고 우리는 몸을
공유하기 때문에 가죽과 가축을 소유하고 있습니다 결혼
제도의 결과에 만족합니다 새로운 구성원을 자급자족하
는 것은 신비한 일입니다 사랑하지 않는데 부산물이 생기
기도 합니다 내가 그렇습니다 때론 경이이겠지요 월말 경
이면 월경이 끝나겠어요 테이블에 둘러앉아 아이의 계급
을 정하기 위해 거수했어요 섣달그믐 사악한 여왕이 앨리
스를 부리고 있습니다

민심이 천심일까요 이 나라에서 생긴 일입니다 기차는
여덟 시에 떠나요 노동자들의 고된 하루가 끝나 가요 기
상 캐스터는 최저 기온을 몇 도라고 했던가요 국가의 분
열을 원하지 않지만 오늘의 논제는 더 이상의 혼란을 용
납할 수 없다는 것이지만 내일 내가 너의 아버지야 고백
을 해야겠지요 월말이 되면 이런 기사가 실릴까요 이 나
라의 멸망이 임박했다 그렇다면 그 전날 우리는 무엇을 해
야 할까요 가족들은 자물쇠를 걸어 잠그고 축하 케이크에
초를 꽂을까요 시스템은 개량 중입니다 공구를 챙겼지만
수리할 것이 없습니다 가정은 사회의 중심입니다 가장은

가족의 핵심입니다

기계적 세계관 때문에 결정에 어려움이 많을 수밖에 없답니다 회의실에서는 소음이 발생했답니다 월말까지 지속될 예정이랍니다 남자는 병원에서 남자는 담장 옆에서 남자는 출항 대기 중인 갑판 위에서 남자는 밀실에서 숨을 몰아쉬었답니다 뱃전에 물결이 넘실거렸는데 남자는 고백했답니다 사랑합니다 해와 달을 조수를 경애합니다 경이로운 일이었답니다 쓰러진 아이를 안고 울고 있는데 위원회의 위원들은 주먹 다툼을 했다지요 그해 십이월 군대가 도시를 지배했고 봄이 되자 꽃들이 실종되었는데 남자와 여자는 부부 생활을 멈추지 않았고 우리는 승선할 수밖에 없었답니다

규칙은 변하지 않았습니다 결과는 위원회가 결정했고 결국 시민의 자유 행동권은 금지되었고 순간적인 충동에 따라 집결했던 사람들은 자재를 짊어지고 비계를 올랐습니다 남자와 여자는 가여운 소년과 소녀를 알지 못했습니다 월말이 되면 납입과 상환이 우리를 기다립니다 해는 동에서 떠 서로 기우는데 다련장이 도심에 떨어지는데 기차

는 언제나 정각에 도착합니다 우리나라의 경이입니다 권력은 통치자에게! 우리는 축전지 속으로! 남자가 장미 정원에 서 있습니다 여자가 핏방울을 빨아 줍니다 아버지가 아들에게 성교육을 시켰습니다 건전한 시민의 바람직한 덕목입니다

재즈

좋으실 대로 하세요 제가 돌보겠습니다 잠깐 돌아서서 먼 곳을 바라봅시다 이번에는 제가 도전하겠습니다 쳐다보는 동안 움직이지 마세요 공주가 침대에 누워 잠자는 동안 당신과 나는 울면서 손을 잡은 채 걸어왔지요 복수하면 안 됩니다

고독한 소멸

이등병은 일등병에게 지휘를 받아야 합니다 신체의 일부를 저당 잡힙니다 아이들은 보통 어른들을 사랑합니다 하나 골라 보세요 뭐든 맘에 드는 것을 소유할 수 있답니다 뒤를 봐주겠습니다 쪼글쪼글하죠 다음을 위해 쉬어야 해요 부드러워지고 싶습니다 당신이 나의 난쟁이를 데려갈 것입니다 봄꽃처럼 살고 싶어 했어요

어린애도 아닌데 약을 먹지 않는다니 무슨 이유일까 사랑이 부족한 것이로구나 파손되지 않고 싶으면 가만히 누워 있어야 한다 무슨 일이 벌어져도 눈을 감으면 안 된다 비파괴검사를 실시할 것이다 둘러보고 사 가려는 자 부디 예쁘게 보지 마소서 샤워를 시키겠습니다

오 분도 걸리지 않아요 나를 수리하는 데 시간이 얼마나
필요하겠어요 이 상황을 더 이상 참을 수 없습니다 할인
이 언제까지 지속되겠습니까 원하는 만큼 가져가시려면
기다려야 합니다 하루에 한 번 판매되는 상품을 기다리는
일이 행복하지 않다면 도대체 이 세상에 아름다운 절망이
란 있을 수 없을 것입니다 내 몸의 압력을 체크해 보세요

실체 변화

거룩하시도다 빵과 포도주를 먹었더니 나에게 새로운
육체와 뜨거운 피가 생성되노니 나의 육체가 원하는 모든
것이 마련되었으니 필요한 만큼 가져도 부족하지 않은 신
비 속으로 우리가 들어갈 때 식물이 땅에서 물을 얻을 때
우리는 먹을 것이 없는 자들을 착취하자 그들이 말한다 여
기에 노동자들이 있습니다

참 멋진 날입니다 빼앗긴 후 우리에게는 그 무엇도 필
요하지 않아요 우리의 육체는 빵과 포도주의 기적 때문에
생기고 또 생긴답니다 가능성에 대해서는 고려하지 마세

요 귀중한 것을 잃지는 않았습니다 우리의 성의 우리의 진
심 우리의 몸통 끝으로 내려가는 유동식의 속도 우리를 어
디로 데려가시렵니까

또봇, 트랜스포메이션!

구상적 세계의 허상이 끝나면 나는 7단 합체로 변신합
니다 자유를 쟁취합니다 노는 아이가 되겠습니다 녹슨 기
계라도 마땅합니다 남에게 보복하지는 않겠습니다 나의
목록에서 취사선택하시면 좋겠습니다 나를 진지하게 생
각하지는 마세요 나는 공작기계에 불과합니다 천천히 오
일을 발라요 셔츠를 벗고 핫도그 두 개를 드시고 계세요
세포는 물을 흡수합니다 액포가 부풀어요

누가 권력을 잡을까요 건전지의 사이즈는 중요하지 않
습니다 새 약을 넣으면 통증이 줄까요 그가 우리를 돌볼
까요 자발적 복종을 끝냅시다 새롭게 그들을 사용합시다
총선은 세 달 후에 실시됩니다 그곳에 도착하는 데 얼마나
걸릴까요 있을 법한 일이 일어날지도 몰라요

포획하라 무력화하라

망루에서 추락한
가장 거짓으로 가득한
법전 아직 사용하지 않은
무기 단 한 번도 실천된
적 없는 지식

불태운다

검은 강 위에 맞아 죽은 아이들 검은 강 위에 세입자 검
은 강 위에 비정규직 검은 강 위에 도시 빈민 검은 강 위에
폭행당한 군인 검은 강 위에 송전탑 검은 강 위에 크레인

우리는 이긴 적이 없다

초고속 먼지

소년의 붉고 매끄러운 살에 다가가는
소년의 몸에서 나의 몸으로
한 영역에서 다른 영역으로
두 극을 관통하는 이것

우리를 사용한다는 것
불가능합니다
헤딩하는 소년들의 엉덩이 부싯돌
바수어지는 햇살 터지는 눈두덩

호각   파각
   사각   기각

우리는 하늘로 뛰어들어요
먼지 소용돌이에 빨려 들어요
가슴 대 가슴
크레이터 대 크레이터
더 가까이 더 빠르게

땅에 머리를 찧을 때까지

멈출 수 없어요
먼지가 될 때까지
영원한 당신의 사육

머리통을 통과하는 진동
스로틀 밸브를 열고 액셀러레이터를 밟고
핏줄 속의 불꽃 경동맥을 지나 끝으로

물린 나를 놔줘요
관자놀이로 먼지 어뢰가 다가와요

토마토 합창

아버지와 나의 공통점
음낭의 소유자들
벌리면 우아해지는 자들

나의 노력으로 이별이 끝난다면
그게 누구이든 나는 진정 행복해질 수 있을 것

구름이 산발하네
남겨진 나에게 방울 물방울 빨간 눈물방울
돌아오네 저 하늘에 낙서 구름
오까네 오 까네 오 껍질 까네
(좆까라마이신!)

흙 쌓아 밟고 다진 봉분 안에 (봉두난발) 고인 눈빛
땡그랑 토마토 떨어지고 저승길 노잣돈 입에 물고
토마 토토마 토토마토 벙글거리는 슬픔

흩어져 말라 가고 부서져 흩날리는 이 노래는 무엇일까 당
신이라고 여겼던 것의 기나긴 망각이 시작되는데 토마토는 으
깨지고 붉은 즙 흘러내리는데 납의 얼굴로 더 줘요 조금 더 있

어 줘요 내 것은 딱딱하고 뜨거워요

금 간 시계 타 버린 지갑 불붙은 피복
땡그랑 땡그랑 요령을 흔들지요
토마토, 붉은 털렁털렁, 나의 토마토

Evangelii Gaudium

약이 몸을 건드린다 기도하던
여자들이 울음을 터뜨리는 순간
병실의 백질이 부풀어 오른다
회전문을 빠져나간 어떤 용태
사람이 들어오고 사람이 나간다
산 자와 죽은 자가 드나든다

나는 수은처럼 흩어진다
복도 바닥을 굴러간다 밟힌다
누나는 얼마나 아팠을까
뼈뿐인 그녀가 돌아왔다

홀로 버틴 침대 위에 사그라드는
불빛 유리에 서리는 먼동의 입김
가슴안이 환해진다 비는
나는 이곳을 지나지 않는다
비와 나는 쏟아지는 중이다

백야(白夜)

자작나무
뼈다귀

해에 먹힌다

누이가 죽지 않았다면 흰 눈동자 나도 지녔을 텐데

306호에서 306호로

평일
평일의 오전은
펼쳐진 우산들 벌어진 꽃송이들

유리병의 물방울
바닥을 향해
투신
모르는 자들
사지를 움츠린다
말렸다가
횡단보도 앞에서
도르르
굴러 내리는 액체들의
평일

입을 다물고 눈물을 담고
우산을 쓰고 남자가 온다
부딪친 유리구슬은 깨질까
그는 혈관과 바늘을 생각한다
명치 위는 지워졌다 하반신이 젖었다

빗방울

사라진 사람의 냄새

상반신의 구름 밑으로 다리

분주했다 해물탕의 집게발

당신도 우중(雨中)의 붉은 살을 생각했는가

신음 소리 파고드는 오전 열한 시의 6인실

하얀 시트를 떠올렸는가

비처럼

먼 곳으로 흘러가는 사람

붉은 신호 앞에서 조금 우는데

덜커덩

횡단이 시작된다

입을 벌리자 초록이 깜박인다

눈꺼풀이 닫힌다

here is the news

            where is the love?

                      welcome to my world

이곳과 저곳에 링거가 매달려 있다 액체가 행군한다
동이 트는 새벽녘에 눈 들어 앞을 보면서
왼발을 내딛는다

맥주 거품 같은 솟아오른 음부 같은
거리의 떠나는 너의 등 뒤
모텔 쉴 창가에서
흔드는 손
흩어지는
빗방울

사랑과 절망의 둔주곡

너를 보내고 대학로 커피빈에 앉아 있다

엉엉 울던
가기 싫다고 떼를 쓰다
아침부터 한 바가지 꾸중을 뒤집어쓴 너

유리창에 우물이 생긴다
일곱의 내가 나에게 말한다

아빠, 아빠

나를 기다리는 빳따 어느 날은 따스하고 어떤 날은 두
들기는
사랑이라는 명사는 주어가 안 되고 보살핀다는 동사로는
서술되지 않는
그날 이후로 아빠 ― 빳따는 내 몸에 새길 사랑의 증거를
확보하는 중
아빠 ― 지랄의 권위자 ― 옆차기의 제왕 ― 터진 호떡
같은 나의 얼굴 ― 진주소시지를 내밀며 말한다 늘 모자
란 애비지만 너희를 아프게 하진 않을게 오전의 빛과 나

의 전부를 줄게 나를 안아 다오

                    *

　내가 만든 것이 나를 지배한다
　(내가 만든 아이가 나를 기다린다)
　그곳에서 이곳으로 다른 것이 쳐들어왔다
　(나의 아이가 나에게 오지 않으면 나는 존재하지 않는
다)
　나는 부(父)와 자(子)로 이분되었다

                    *

　덤프에 얹힌 작업화 옆 빗자루
　누군가의 오줌과 코피

　파란 증오가 찾아왔다
　아빠, 아파, 아빠

하윤(廈阮)

어깨에 머리를 얹고 잠든다

펼친 손가락

등에 붙어 숨 쉴 때마다 파르르 떠는 잎사귀

견고한 이 세계의 균열
마른 잎 뚝뚝 떨어지는 나무 아래 서 있던 청년을 본다

아기가 아버지를 데리고 왔다
눈먼 자의 노래처럼

애잔한

엄마 품으로
가자 아이야
외로울 땐
노래를 부르렴
단단해지려면
해 지기 전에
울음을 꿀꺽하렴
쉬 마려우면
고추 내밀고
반짝이는 방울
허공에 걸어 두렴
작은 햇빛이
너를 부풀릴 거야
오래전 내 얼굴
복사했구나
아이야
나보다 아름답구나
추파춥스 물고
가방 내어던지고
말뚝박기해 볼까

혀 내미는 공책의 메롱 속에서
노랑 연두 안에서
자꾸 투명해지는
혼자의 아이야

시영이 생각

이번 생에는 만나지 못하리 나는 너를 두고서 떠나리

정오에 너를 생각한다
달큰한 살구 같은
너의 온몸에서 도는 나의 냄새
손끝으로 꽃을 피울 때 입술 사이 관자 같은 혀를 내밀
때 엉덩이에서 아침의 햇빛이 불그레 불그레 미끄러질 때
내가 더 붉은 그리움 지니지 못해 서러워질 때

정갈한 이마 같은 까만 구두 놓인 봉당
마루의 벽시계가 종일 지켜보는데

건널목의 빨간 눈알 초록 눈알
가슴을 가로지르는 쇠막대기
고이는 눈물을, 눈물에 어룽대는 그림자 앞에서 기다리
다 기다리다, 골목으로 돌아서다가 다시 돌아서다가, 부르
는 소리를 내가 부르던 소리를 들은 듯한데

여기,
여기,

여기,

쫓겨 간 밀수업자처럼 말이 없는 혹은 유다락에 숨겨 놓은 할아버지의 망건처럼
　나는 울지 않는다 거북선에 불을 붙여 물고 구두 주걱을 가져오라고 어서
　어서

　돌아왔으면 파란 대문 열고 불쑥
　머리 드미는 구기자의 빨간 열매 속 금빛 씨앗처럼
　웃고 있는데

　청도극장 뒤 순댓국집에서
　북부시장 호떡 리어카에서
　고개 숙이고 있었는데 나는 기다렸는데

　석회석 광산에서 타일 공장으로 곱돌 싣고 화장품 공장으로
　몸을 실어 나르고 공복 같은 밤의 고속도로에서 잠에 빠지고

기장이나 충주 단양, 오가다가 문득 나를 생각하던
떠올리던 그 길의 가로등의 가로등의 직립을
어깨와 허리를 잇던 굵은 굵은 곡선을
벗었던 양말을 가지런히 개켜 놓은 이불을 이불을
　사랑한 후 피우고 눌러 끈 담배를 지나온 모든 불빛을
마주했던 트럭의 헤드라이트를
　문을 열면 달려오던 아이를 아이를 마당의 붓꽃을

　나의 망각 밑에서 으깨진……

　깨진 화강암과 화강암을 쌓던 짐칸과 짐칸의, 세고 또
세던 숫자와 덩어리와 덩어리와 머리카락과, 시동 걸린 검
은 디젤의 조수석에서 창문을 내리고 한숨 쉬던

　사람아,

　한낮의 눈썹을 지나는 흰 꽃잎의 흔들리는 그림자
　부르는 그 목소리 넘어간다 넘어간다 가슴이 가렵다
　견디지 못해 나는 발동하는데

나의 복중에서 정오의 분광 속으로 솟구치는
사랑이 데운 나의 혈액에 목소리 들어찬다
숨 놓은 짐승 앞에서 송곳니가 길어지듯
나는 그르렁거린다

쏟아지는 꽃잎 뒤에
나를 낚아채는

고여 있는 얼굴
위로 꽃잎이 횡단한다

나는 지금 너를 지우고
눈에 검정을 쏟아붓는다

너를 잃고

이것을 반성이라 부르겠습니다

나의 시작은 모래의 이빨을
나의 결말은 수성의 투명한 무게를 알지 못합니다
나를 가두려 합니다 밤의 질서 밤의 골편 밤의 질량으
로부터
내가 얻을 수 있는 것 나의 피골에서 분비되는 검은 고름
또는 너의 이름
지금 믿으려고 하는 사랑은 부푸는 피부에 달라붙는
증오
이것은 독백입니다 너의 시체가 빚어낸 융융거림 이것은
녹슨 총 움직이는 암흑
달빛 속 수척한 빗줄기

사랑의 절정에서 나와 너의 몸은 음악이 되는데
우리에겐 먹히는 숨소리 토해 내는 신음 그때 부식되는
양철판 위에 머무는 한 모금 저녁의 불빛

너는 내게 돌아와서 나의 멸망을 수행하라

동공에 들어찬 검정이 음악이라네 돌아갈 곳에 먼저 도달해서 네가 나를 구속한다고 울부짖는 다른 애인이여 나는 아직 아름답다네

네가 나를 지우고 창공 속으로 몸을 펴는 공화국의 깃발이 될 때 사랑이 시작되겠네 더 낮은 곳에서

너를 잃고 너와 싸우기 위해 너에게로 간다

찬 기의, 성 기의

물질적인 무성의 문어발 소중한 의미의 완벽한 박탈
당인리 화력발전소에 머무는 겨울비를 봤어요
발화되지 않은 문장이 있어요
붙들린 기호를 빨고파요
먹물을 뱉어요
나의 굴뚝
불뚝

내부의 충일과 단절의 결단과
일합하기 좋은
호랑이

육체라는 보일러의 내장 속 끓는 물을 흡취할 수 없어요
쿠르릉거리는 터빈을
버릴 수 없어요

범람하는 파랑에 익사한 고래여
진격하자 밤의 안쪽으로
찌르는 남취(嵐翠) 뒤로
목구멍으로

더 깊게

깊게

tiger — trigger

그것으로부터 두려움이 시작되었고
그것으로부터 나는 기어 왔으니
꿈틀거리며 흉곽을 뚫고 나오는
문자로부터 기립하는
그림자를 입고 소리의 피륙을 두르는
두 팔로 감싸 안을 수 없는
태양과 폭풍과 해양
성스러운 것들의 이름
그 짐승이 나를 가두었다

나는 기다리다가 음성이 되었다
주름진 살가죽에 검은 화살들
숨을 들이쉬며 발톱을 내밀며 아가리 벌리며 가슴을
핥으며
뚫고 나와 먼동을 향해 질주하는 문자들 육체를 불태우
고 육체를 바람에 던져 넣는다 호랑이 쿵쾅거리는 천둥 나
의 고기를 찢고 뼈를 부서뜨리고
어둠 속에서 나를 끌어안는다
살과 골을 씹고 피와 액을 핥는다

피투성이

이것이 포유라 한다면 나는 나의 몸으로 돌아가 나를
제거하고

따스한 친부들의 숲 속에서 가여운 새끼가 되겠네

헐떡이며 쪼그라들며 파열 후의 날숨을 기다리며 화형
의 재를 기다리는 붉은 저녁의 입구에서 나를 삼키고 발
기하는

목구멍을 지나 구강에 들어차는

호랑이 탕 탕

발사된다

아버지의 방정식과 아들의 방아쇠

장철환(문학평론가)

1. 입속 절벽

김수영은 "욕망이여 입을 열어라 그 속에서/사랑을 발견하겠다"(『사랑의 변주곡』)고 말한 바 있다. 그렇다면, 그가 욕망의 입속에서 발견한 것은 무엇인가? 여기 '아나키스트'의 시인이 있다. 그는 이렇게 말한다, "우리는 우리의 기원 속에 깃들었던 사랑을 발견할 것"(『신록의 무덤 앞에서』)이라고. 이것은 김수영의 「사랑의 변주곡」의 변주곡인가? 그렇다. 그러나 그것은 주체의 기원 속에서의 사랑의 탐색이라는 점에서 김수영의 「사랑의 변주곡」보다 앞자리에 놓인다. 프렐류드(prelude)는 이렇다. "절망이 확신이 되는 변곡점을 지나간다"(『시인의 말』). 그러니까 그는 지금 '우리의 기원'을 통과하고 있는 중이다. 입에서 위에 이르는 긴 식도……

그러나 이번에는 위에서 입으로 향하는 방향이다. 그가 '역진화'를 통해 예전에 삼켰던 '어떤 것'이 반환점을 돌아 비로소 실체를 드러내고 있다. '어떤 것'이란 어떤 것인가? "입을 벌린다 후두를 넘어가는/눈물, 삼켜 버린 검은 사람"을 보라(『역진화의 시작』의 뒤표지 글). 하지만 삼킨 것이 그대로 되돌아 나오라는 법은 없다. 들어간 것이 아니라 "입안에 절벽"(「spin my black circle」)을 거슬러 오르는 '어떤 것'을 물어야 한다는 뜻이다. 그 중간에 경사를 아슬하게 "버티고"(「버티고」) 있는 '아담의 사과(Adam's apple)'가 있다. 여기가 이번 시집이 놓인 자리다. 언어와 리듬의 아슬한 터가 있다는 말이다. '아담의 사과'는 '아버지'에 대한 죄의 결과이자, 혁명의 언어와 와류의 리듬의 열매다. 그러니 "입안에 절벽"에 '아담의 사과'가 놓이게 된 연유부터 물어야겠다.

2. "선생(先生)의 당신"과 찢겨진 자

정북에서
그늘이 허물어진다

허벅지에 앉힌 아이가
새우깡을 먹는다

입술의 경련

뼛가루처럼

여객이 빨려 들고
미간으로 기차가 들어온다

낮은 어둠의 담장 아래
웅크리고 울던

선생(先生)의 당신
분쇄되어 나의 입속으로

—「영천(永川)」전문

 『아나키스트』에서 『태양의 연대기』를 거쳐 『역진화의 시
작』에 이르는 도저한 흐름을 찬찬히 목도한 자라면, 이 시
앞에서 "그늘이 허물어"지듯 한순간 허물어져도 좋다. 이
시에서 비애의 서정을 발견하는 것은 사소한 일이다. 시
행과 문체의 변화를 지적하는 것은 더욱 사소한 일이다.
감정의 표백과 1연 2행의 전통적 형식의 차용은, 이 시에
내재한 거대한 에너지에 비하면 사소하다 못해 쇄말하기
까지 하다. 그동안 장석원의 시에 "웅크리고 울던" 마그마
가 그 기미를 드러내는 순간에 어찌 허물어지지 않을 수
있겠는가. 마치 "여객이 빨려 들고/미간으로 기차가 들어"
오듯…… 아슬하다.
 확실히, 시의 표면을 지탱하는 장력은 내부의 강력한

폭발력을 가까스로 버티고 있는 중이다. 「적막」(『태양의 연대기』)의 "당신이 허물어진다"가 일으킨 파문에 빗댈 수 있을까? 그러나 확연히 다른 것이 있으니, 그것은 파문이 "허벅지에 앉힌 아이"로부터 시작된다는 점이다. "새우깡을 먹는" 아이의 무심한 저작(詛嚼), 시작은 바로 그 아이에서 비롯한다. 아이가 으깨는 새우깡의 부스러기들은 "뼛가루"에 대한 기억, 곧 "분쇄되어 나의 입속으로" 빨려 드는 "선생(先生)의 당신"을 소환하고 있다. "아이"가 "나"를 저작하듯이 "나"는 이미 "선생(先生)의 당신"을 삼킨 자고, 지금 "아이" 앞에서 그것을 저작(著作)하는 자다. 「적막」이 "당신"과 "나"의 "사랑 후의 떨림"을 연장한다면, 「영천(永川)」은 "당신"과 "나"의 관계가 "아이"와 "나"의 관계에 의해 '역진화'하는 사태의 절정을 "입술의 경련"으로 결정화한다. 이때 '영천'은 지명이기를 그치고 "당신"과 "나"와 "아이"로 이어지는 '영원한 흐름'으로서 역사성을 띤다. 따라서 "입술의 경련"은 "선생(先生)의 당신"이 '영천'의 주체에게 알리는 사이렌이다. "입안에 절벽"이 놓이게 된 까닭이 여기에 있다.

그럼, "선생(先生)의 당신"은 누구인가? 낱글자 하나하나에 주목한다면, 그는 시적 주체보다 먼저 산 자들 전체를 지시할 것이고, 낱글자의 합성에 주목한다면 스승이될 것이다. 장석원의 시에서 "당신", 초기 시편들에서는 "그대"로 호명되었던 바로 그 "당신"이 맥락에 따라 여러 의미를 띤다는 것은 재론의 여지가 없다. 권력, 자본, 군주, 스승, 부친, 시대, 국가, 체제, 태양, 진리, 법, 도덕 등등. 이 가운데 군주와 스승과 부친은 "슈퍼 파더"(「혼자 여는 문」, 『아나키스트』)로 통한다. 이들 "슈퍼 파더"는 일상적으로 금지의 명령을 통해 주체의 소외(alienation)를 야기하며, 때로는 도착적 쾌락을 위해 우리를 애용하는 "아버지들"이다. 잠시 『역진화의 시작』으로 돌아가 보자.

    떠나는 바람의 꼬리가 허공에 기술한 우리의 이야기 우리의 것이 아니기에 보일 리 없지 우리가 경험한 어제의 사랑이 낯설고 고통 없이는 현실을 기록할 수도 기억할 수도 없으므로 창공의 별을 응시하는 우리는 세상이 잘못되었다고 믿으며 꺼져 가며 아버지의 탄생을 주재한다 오늘은 어둠의 할(割)뿐 할례뿐 아버지들과 할래

    근친이므로 순수해질 수 있다네 피의 정화를 위해 아버지께서 말씀하실 때 우리 온몸을 집결시켜 봉헌을 준비하자 깨끗하게 몸을 닦자 번뇌와 후회가 우리를 용인하네 우리는 그들의 명령에 따라 이 나라의 씹탱이들 아버지들과 상간한 후에야 재현되는 총체성을 바라본다.
                                    ―「별이 빛나는 밤에」부분

이 시의 외설(外說)은 "아버지들과 할래"에 도드라지게 표현된 근친과의 상간이다. 지극히 외설(猥褻)적인 이러한 언사는 시적 주체의 욕망이 "억압자이자 동시에 유혹

자"[1]인 '당신의 옷'을 벗기는 데 있음을 보여 주는 듯하다. 그렇다면 이러한 외설적인 일은 왜 벌어지는가? 그것은 일차적으로 "당신"이 "우리"의 사랑을 삼켰기 때문이고, "우리"가 그러한 사태를 향락하기 때문이다. 그러나 그것은 시의 표피 절개, 곧 할례(circumcision)에 불과하다. 외설적인 발화들의 내면에 존재하는 피하조직에 주목할 필요가 있다는 말이다. 예컨대, "우리는 세상이 잘못되었다고 믿으며 꺼져 가며 아버지의 탄생을 주재한다"는 전희가 암시하는, "아버지의 탄생"은 우리의 희생을 전제로 한다는 사실. 이로써 "우리는 임종 후 전시된 미라"(「시름과 검은 눈물」, 『역진화의 시작』)에 지나지 않게 되었다. 그리고 "우리는 그들의 명령에 따라 이 나라의 씹탱이들 아버지들과 상간한 후에야 재현되는 총체성을 바라본다"는 후희가 암시하는, 상간 이후에야 실체를 드러내는 '아버지들의 총체성'을 바로 보게 된다는 사실. 이 둘은 '아버지들과의 상간'이 "우리"를 번제(燔祭)함으로써 유지되는 "아버지들"의 세계를 현시하는 방법임을 암시한다. '역진화'는 바로 이러한 자기 소멸을 통해 누설되는 '아버지들의 총체성'을 외설적으로 만드는 장석원식 사랑이었다.

군사부일체(君師父一體)는 '아버지들의 총체성'을 표현하는 또 다른 말이다. 이 공고한 봉건적 트리니티(Trinity)에

---

1 조강석, 「광장의 오후와 사랑의 형식」, 장석원, 『태양의 연대기』, 문학과지성사, 2008, p.171.

서 군주를 분리하는 일은 쉽지 않다. 역사는 이를 위해 얼마나 많은 희생을 치러야 했는지를 이미 충분히 증언하고 있다. 장석원의 『아나키스트』에서 『역진화의 시작』에 이르는 처절한 여정은 이를 위한 고군분투라고 해도 과언이아니다. 그러나 이는 '선생'을 떼어 놓는 일에 비하면 훨씬 수월하다. 군주가 '벌거벗은 임금님'처럼 자신의 외설적욕망의 의장들을 하나씩 하나씩 벗어던질수록, 그러한 권력의 외설을 준엄하게 꾸짖을 존재로서 스승은 더욱 필요하기 때문이다. 군주는 사랑의 대상이 될 수 없지만, "선생(先生)의 당신"은 그렇지 않다. 이상의 「종생기」에서 따와 이번 시집에 리믹스된 「black」의 일절은 이를 가공 없이 보여 준다. "영원히先生님「한분」만을사랑하지오어서어서저를全的으로先生님만의것을만들어주십시오先生님의「專用」이되게하십시오". 시적 주체는 여기에서 한 번 더 찢긴다.

간질처럼 당신이 찾아온다
아버지는 선생님이었고
선생님은 나의
아버지
때문에
나는 찢겨
부스러질 것이다
바람의 손톱 끝에서

반짝거린다 나비 한 마리

그슬린 나의 검은 나비 내려앉는다

—「black」 부분

　"나는 찢겨/부스러질 것이다"에 담긴 비장한 예언은
"선생님" 때문에 생기는 일이다. 엄밀히 말하자면, "선생
님"이 "나의/아버지"가 되었기 때문에 벌어지는 일이다.
스승이 아버지가 되는 이러한 전변에서 중요한 것은 전이
의 내력이 아니라 투사의 강도이다. '선생님-아버지'의 접
합의 정도는 시적 주체가 자기의 결여를 상징화하는 작업
의 강도를 예증한다. 그러므로 핵심은 찢겨 갈라지고 독
(毒)에 불탄 주체의 잔영을 형상화하는 "그슬린 나의 검
은 나비"의 귀환에 있다. '나비'는 눈에 확연히 띄지는 않
지만, 장석원의 시적 여정 전체를 날아온 자다. 그의 항적
(航跡)은 다음과 같다.

　내가 지니고 있던 무덤 밖으로

　검은 나비 날아간다 (중략) 나도 그처럼……모든 것이
현재진행형으로 멸종되고 있는 경동시장 네거리에서, 나
비야 나비야……

—「나의 전부는 거짓이었다」(『아나키스트』) 부분

　나와 그의 접점에

　나비 한 마리 앉아 있다

—「태양의 연대기」(『태양의 연대기』) 부분

당신의 게르 안에서 냄새 없는 대지의 몸통을 그리고 당신의 눈동자를 핥을 것이다. 삶의 기율은 가루가 되었다. 노래는 흘러가고, 나를 두고, 아리랑처럼 지워진다. 나비 한 마리의 失路를 기억한다. 나라는 나비, 나라는 곤충, 나라는 비행체. 초원을 향해 죽음의 비행을 시작한 후로 나는 줄곧 후회에 젖는다. 나는 지금 나의 비명을 기록한다.

—「육체 복사」(『역진화의 시작』) 부분

「black」의 "그슬린 나의 검은 나비"는 『아나키스트』의 "내가 지니고 있던 무덤"에서 출발해, 『태양의 연대기』의 "나와 그의 접점"을 거쳐, 『역진화의 시작』의 "나라는 나비"로 회귀하여 온 자다. "검은 나비"의 여정은 "그"라는 "당신"과 밀접한 관련이 있다. "나도 그처럼", "나와 그의 접점" 그리고 "당신의 게르"는 이를 명시적으로 보여 준다. 즉, "검은 나비"의 여정은 '선생님-아버지'와의 기이한 이접에 대한 시적 주체의 "죽음의 비행"의 항적이라고 할 수 있는 것이다. 이런 의미에서 "검은 나비"의 날갯짓은 "'나'와 '아비'라는 박절(拍節)로 이루어진, 죽음의 무한 반복"[2]운동이 된다. 이때 "그슬린 나의 검은 나비"의 "그슬

---

2 장철환, 「복사(複寫)와 나비, 죽음의 무한 회귀」, 『현대시』, 2012.2, p.35.

린"에 남겨진 흔적은 "나"와 '선생님-아버지'의 이접에 무슨 일이 생겼음을 암시한다.

나는 나의 사랑하는 사람의 육체를 단 한 번도 소유하지 못했기에 무릎 닳아 없어질 때까지 거리를 걷고 걸어 그곳에 도달할 것인데 여기서 옛날의 나를 만나니 이제야 나를 체념하기에 이르렀네 나의 사랑하는 사람이 그곳에서 나를 기다리네 나의 사랑하는 사람의 육체가 내 몸에 남겨 놓은 문자를 불태우네 우네 나의 사랑하는 사람의 얼굴 뭉개지고 그 몸을 화형하고 나는 어디로 가는 것일까 나의 사랑하는 사람이 눈물 흘리며 나를 바라본다네 불꽃 속에서 마지막으로 나의 사랑하는 사람의 얼굴을 본 듯하네 /// 나의 사랑하는 사람이 말한다 //// 나는 사랑 없고 동정 없는 세상에서 지리멸렬을 덮어쓰고 병통에 매여 원숭이처럼 울고 있네

—「문질빈빈(文質彬彬)」 부분

"나의 사랑하는 사람"의 화형식을 집도하는 자의 슬픔은 어떤 것일까? 그 불길 속에서 "눈물 흘리며 나를 바라"보는 그의 눈빛과 눈 맞춘 자의 비애와 절망은 가늠키 어렵다. 그럼에도 불구하고 물어야 할 것이 있다. 이러한 행위는 어디에서 비롯하는가. 체념인가 분노인가, 아니면 "순응하는 자의 복수"(「suicide note」)인가? 이를 판단하기 위해 먼저 확인해야 할 것은 화형식이 시적 주체 자신의

화형식이라는 사실이다. 곧 화형식은 "나의 사랑하는 사람의 육체가 내 몸에 남겨 놓은 문자"를 불태우는 행위다. 따라서 불타는 것은 "나의 사랑하는 사람의 육체"일 뿐만 아니라 "내 몸"이기도 하다. "나비 불꽃"(「연기와 재」)이라는 수일한 이미지의 비상은 여기에서 비롯한다. 만약 슬픔이 "들어차서는 분비되기 위해 요동치는 액체"(「버티고」)라고 한다면, 화상(火傷)으로 인한 물집과 고름은 뜨거운 슬픔이 될 것이다. 이는 "그슬린 나의 검은 나비"의 상처가 "그 몸을 화형하고 나는 어디로 가는 것일까"에서 비롯하는 멜랑콜리의 결과임을 보여 준다.

따라서 이 고통스러운 화형식은 "당신은 나의 마음을 들썩이게 하지만 당신은 나를 작동시킬 수 없고 나의 몸을 사용할 수도 없다"(「피정(避靜)」)는 엄정한 선언으로 읽혀야 한다. 이는 그동안 시적 주체를 규율했던 "선생님과 아버지의 충고 프로그램"(「탐닉」, 「태양의 연대기」)을 폐기해야 한다는 것을 뜻한다. 이 프로그램은 시적 주체를 비롯한 우리를 감염시키는 악성코드이기 때문이다. 바이러스(독)는 극미량으로도 숙주를 파괴할 만큼 치명적이라는 사실을 망각해서는 안 된다. "슈퍼 파더"의 대리자인 조교가 "오후의 연병장"에서 아무리 아니라고 강변해도, 그것은 "흔적 없이 뇌수에 스며들어 우리에게 사멸의 촛불을 찬양하게 하는지도 모른다는 사실 아닌 사실"을 드러낼 뿐이다(「바이러스」). 그러므로 화형식은 시적 주체를 감염시켰던 "선생님과 아버지의 충고 프로그램"의 번제인 것이다.

여기에는 주체의 통렬한 각성, "독에 이르러 독이 나였음"
(「suicide note」)을 깨달은 오이디푸스적 절망이 배어 있다.

3. "아버지의 방정식"과 판별식 D(Discriminant)

　소용돌이에 빠진 내가 나를 구출하기 위해 왼팔로 오른
팔을 끌어당긴다

　　엷은 먼지의 머리칼
　　부풀어 오르는 저녁의 하악
　　우리가 도달한 반환점
　　죽은 자들이 꽃을 밟는다
　　능지된 검은 꽃 안에
　　잠드는 아이들의 차가운 이야기
　　고통이 부족한 저녁이다

　파도가 사람을 건드린다 사람은 거품이다 사랑하는 사
람에게 배신은 도래하지 않는다 당신을 믿지 못하여 사랑
을 잃고 당신이 버린 우리와 버려진 우리의 고통 때문에
최후의 죄와 벌이 완성된다 불꽃이 타오른다

　노예였던 우리의 주인과 제자였던 우리의 스승 우리는
한 몸을 지녔으나 영혼이 두 동강 난 비천한 쓰레기인데
당신이 더럽혀졌다는 것을 알게 되자 새로운 피조물이 될

수 있었던 것인데 그로부터 영속하는 증오와 사랑이 우리
를 격파해 버렸다는 것을 알게 되었기에 당신의 복막을 찢
고 새로 태어날 것이라고…… 선언한다

이후의 혁명은 거짓이다

너희의 무거운 죄를 보라 내가 아니었다면 너희에겐 절
망뿐이었으리 참회와 증오가 죄진 육체를 둘로 찢은 후 나
의 젖을 먹고 자란 아들이 나를 죽이려고 하니 아들이 바
로 뱀이었으니 모두가 파멸한 후 너희의 죄는 나의 것이니
라 옥에서 손발을 자른 채 벌을 받아야 하는 자 나이니 너
희가 늙어 작아질 때 너희의 육체 붕괴되어 모래가 될 때
너희의 영혼 부서질 때 죽음이 너희의 영육을 씹을 때 내
가 너희를 껴안을 것이니 너희를 만들고 키워 낸 젖과 꿀
이 흐르는 땅에 흙이 들어찼으니 이제 나는 되살아나느니
라 나를 공양하는 자 생명으로 빚어 새로 태어나게 할 것
이니 내가 흘린 눈물이 너희의 육신을 적시리라

그들은 죽지 않았다 우리 영혼에 잠입하여 우리의 몸이
되었다 피에 녹아 우리를 아프게 하는 그들 우리가 흘린
피 땅을 적시고 그 피에서 피어난 꽃 다시 붉어지는데 우
리는 그곳에 없었다 그들이 우리를 묻었다
　　　　　　　　　　　　　　　—「아나스타시스 톤 네크론」 전문

'죽은 자의 부활(αναστασις των νεκρων)'은 역진화에 의해 "우리가 도달한 반환점"을 상징적으로 표현한다. 먼저, "당신이 버린 우리와 버려진 우리의 고통"은 "탈출구. 없는. 우리. 여기는 세상의 끝"(「신식민지국가독점자본주의」)이라는 카코토피아(Kakotopia)의 원인과 비참을 그대로 보여준다. 이것은 "아버지들과 상간한 후에야 재현되는 총체성"이 결국 "잠드는 아이들의 차가운 이야기"로 넘치는 망자들의 세계임을 암시한다. "소용돌이에 빠진 내가 나를 구출하기 위해" 필사의 자력으로 도달한 곳이 결국 '아버지들의 뱃속'이었던 셈이다. 이로써 사랑과 구원을 약속했던 '아버지들의 말'은 헛된 것이 되었다. 그 결과 "최후의 죄와 벌"의 시간이 도래한다. "당신이 더럽혀졌다는 것"이라는 사실이 확증됨으로써 "새로운 피조물"의 탄생이라는 새로운 역사가 개시되는 것이다. 어떻게? "노예였던 우리의 주인과 제자였던 우리의 스승"의 복강에서 "복막을 찢고"서 말이다. 이러한 방식이 "최후의 죄와 벌"이자, "이후의 혁명"을 거짓으로 만드는 유일한 방식이다. 레아(Rhea)가 부재한 상황에서, 크로노스(Cronos)가 삼킨 아들들이 그로부터 탈주하기 위해서는 "복막을 찢고" 나올 수밖에 없지 않겠는가.

'죽은 자의 부활'의 또 다른 층위는 '찢겨진 아버지'의 부활이다. "이제 나는 되살아나느니라". 시의 마지막 두 연은 이러한 부활의 선포를 잠언의 형식으로 교설한다. 교설의 요체는 "나를 공양하는 자 생명으로 빚어 새로 태어나게 할 것이니"에 압축되어 있다. 그러나 이것은 아버지의 배를 찢고 나온 자에게는 용납될 수 없는 일이다. '부활의 동굴'에 이중의 바리게이트가 쳐지는 것은 이때이다. "이후의 혁명은 거짓이다"는 전방에 설치된 방벽의 푯대이고, "그들은 죽지 않았다"는 후방에 설치된 방벽의 푯대임에 틀림없다. 그런데 '아버지들의 부활'이 완료되었음을 암시하는 마지막 문장("그들이 우리를 묻었다")은 어찌된 일인가? 이는 이중의 바리게이트에 문제가 있음을 암시하는데, 바리게이트가 견고하지 않아서가 아니라 그것이 잘못된 장소에 쳐졌기 때문이다. 죽은 자가 부활하는 방식이 간과된 것이다. 바이러스의 틈입처럼, "그들"은 "우리 영혼에 잠입하여 우리의 몸이 되"는 방식으로 부활한다.

그리하여 우리가 "아버지"가 되었다. '우리는 아버지다'. 이 간단한 명제가 장석원의 시에서 지닌 함의는 적지 않다. "우리에겐 기원이 없어요", "우리는 돌연변이예요"(「밤의 반상회」, 『역진화의 시작』)와 대조해 보라. 그러니까 우리는 '아버지의 이름'이라는 상징적 격자(方程) 속에 갇힌 것이다. "아버지의 방정식"은 이를 다음과 같이 표현하고 있다.

> 거울이 나를 본다
> 나의 아버지의 아들의 성교의 하나의 증식
> 거울 속에는 번지는 얼굴
> 증오의 표면에는 이산화규소로 만든 혈족

사랑의 양산 체제

➡ 이 지점에서 박남정의 「사랑의 불시착」을 듣고,

커피나 담배를 즐긴 후 읽어 주시길 ➡

저 위의 아버지께 나는 벌거벗고 조아리고

절망의 기원을 품신하는 아버지는 나를 배고

아버지를 닮아 나도 원하지 않은 아이를 분식(粉飾)

아버지의 방정식, 나와 그의 근의 공식

$$x = \frac{-b \pm \sqrt{b^2 - 4ac}}{2a}$$

해는 뿌리, 뿌리가 같아요, 치골을 파헤치면 절망적인
실뿌리

—「세계의 물질적 정지」부분

먼저 물어야 할 것은 "아버지의 방정식"이 필요한 이유
이다. 단적으로 말해, 그것은 무수한 개별적인 아버지들의
차이에도 불구하고, 반복 재생하는 '아버지의 부활'을 이해
하기 위함이다. 이는 시적 주체를 포함한 '아버지-되기'의
메커니즘을 이해하는 것과 동궤를 이룬다. 만약 "아버지의
방정식"을 통해 "아버지의 탄생"의 기원을 규명할 수 있다
면, "아버지들과 상간"하는 일을 중지할 수 있을지도 모른
다. 다음으로 물어야 할 것은 "아버지의 방정식"이 1차 방정
식이 아니라 2차 방정식인 이유이다. "아버지의 방정식"은
"나"와 "그"라는 두 개의 근(根) 또는 해(解)를 갖는 방정식인

데, 이것은 "아버지들과 상간"함으로써 "나"가 "그"처럼 "아버지"가 되었음을 의미한다. "나"와 "그"는 모두 "아버지"라는 상징적 대수 x로 치환될 수 있는 자들이다. 따라서 "아버지의 방정식"은 "나의 아버지의 아들의 성교의 하나의 증식"을 표현한다. 이때 2차 방정식의 근의 공식 $x = \dfrac{-b \pm \sqrt{b^2 - 4ac}}{2a}$ 는 "사랑의 양산 체제"를 규명하는 방법이 된다.

미지수 x를 확정하기 위해서는 먼저 $ax^2 + bx + c = 0$의 계수 a, b, c를 알아야 한다. x^2의 계수 a는 "그"와 "나"의 곱에 의한 한 증식, 곧 "나의 아버지의 아들의 성교의 하나의 증식"이다. x의 계수 b는 "그"와 "나"의 각각의 증식의 합으로, "절망의 기원을 품신하는 아버지"와 "원하지 않은 아이를 분식(粉飾)"한 "나"의 합이다. 전자는 '군사부일체'로 표현되고, 후자는 "나의 복수들"(「꿈의 대화」)로 표현된다. c는 영원한 아들들, 곧 "나의 아버지의 아들의 성교의 하나의 증식"에 포섭되지 않는 자, 다시 말해 "나"와 "그"의 잔여로서 "아버지"가 되지 않은 자를 의미한다. "오래전 청년이 교문에서 스러질 때"(「신록의 무덤 앞에서」)의 "청년"이 그들이다. "그의 얼굴은 1991년의 명지(明知)에 있는데, 그날이 더 또렷해진다"(「세계의 물질적 정지」)는 '강경대 열사'를 특칭한다.

이런 방식으로 우리는 "아버지의 방정식"의 계수들을 확정해 나갈 수 있다. 그러나 이것이 가능하기 위해서는 "나"와 "그"의 증식 전체가 도해되어야만 하는데, 이는 현실적으로 불가능하다. 잔존하는 유일한 방법은 두 개의 근 또는 해가 실근/중근/허근을 갖기 위한 계수 a,b,c 의 관계가 무엇인지를 추정해 보는 수밖에 없다. 2차 방정식의 판별식 D(Discriminant) $b^2 - 4ac = 0$ 는 이를 가능케 한다. 판별식은 "나"와 "그"가 두 개의 실근을 갖기 위해서는 $b^2 - 4ac > 0$ 이어야 함을 보여 준다. 이것이 함의하는 바는 $b^2 > 4ac$ 일 경우에만 "나"와 "그"의 사랑이 서로 다른 실체로서 분별될 수 있다는 것이다. 그 외의 경우, 예컨대 $b^2 < 4ac$ 와 $b^2 = 4ac$ 는 사랑이 실체화되지 않거나 서로 다르지 않다는 것을 뜻한다. 여기서 "뿌리가 같아요"는 "아버지의 방정식"의 근의 상태를 추정하는 데 있어 결정적인 단서를 제공한다. 즉 "나"와 "그"는 하나의 중근을 갖는다. 이를 통해 "아버지의 방정식"이 하나의 중근을 갖기 위한 미지수 x 의 값을 추정해 볼 수 있다. "치골을 파헤치면 절망적인 실뿌리"는 그것이 "절망"임을 조심스럽게 증언하고 있다. 요컨대, "아버지의 방정식"의 판별식 D가 증명하는 것은 "나"와 "그"의 "사랑의 양산 체제"가 "절망"이라는 하나의 중근을 공유한다는 사실이다. 이것은 주체의 층위에서는 "나"와 "그"의 동질성을 판별하고, 시간의 층위에서는 과거와 현재의 반복을 증명한다.

"아버지의 방정식"이 전제하고 있는 것은 '아버지 : 나 = 나 : 아이'라는 유추다. 그런데, 만약 이런 유추가 성립하지 않는다면 어떻게 되는가? "나"가 "어버지"가 되었을지라도, "나"의 "아버지"에 대한 관계가 "아이"의 "나"에 대한 관계와 같지 않다면 말이다. 이것은 "아버지"의 "나"

에 대한 관계에서 출발해 "나"의 "아이"에 대한 관계로 반복되는 절망의 증식 프로그램과는 다르다. 여기서 제3의 방정식, 곧 "아버지"와 "나"와 "아들"이라는 세 개의 인수를 갖는 3차 방정식을 사유해야 할 필요성이 제기된다. "나"에게 "아버지의 방정식"은 2차 방정식이지만, "아들"에게 그것은 3차 방정식일 수 있는 것이다. 이를 '아이의 방정식'이라 부르기로 하자.

> 너를 보내고 대학로 커피빈에 앉아 있다
>
> 엉엉 울던
> 가기 싫다고 떼를 쓰다
> 아침부터 한 바가지 꾸중을 뒤집어쓴 너
>
> 유리창에 우물이 생긴다
> 일곱의 내가 나에게 말한다
>
> 아빠, 아빠
>
> 나를 기다리는 빳따 어느 날은 따스하고 어떤 날은 두들기는
> 사랑이라는 명사는 주어가 안 되고 보살핀다는 동사로는 서술되지 않는
> 그날 이후로 아빠 — 빳따는 내 몸에 새길 사랑의 증거

를 확보하는 중

　아빠 — 지랄의 권위자 — 옆차기의 제왕 — 터진 호떡
같은 나의 얼굴 — 진주소시지를 내밀며 말한다 늘 모자란
애비지만 너희를 아프게 하진 않을게 오전의 빛과 나의 전
부를 줄게 나를 안아 다오

*

　내가 만든 것이 나를 지배한다
　(내가 만든 아이가 나를 기다린다)
　그곳에서 이곳으로 다른 것이 쳐들어왔다
　(나의 아이가 나에게 오지 않으면 나는 존재하지 않는
다)
　나는 부(父)와 자(子)로 이분되었다

*

　덤프에 얹힌 작업화 옆 빗자루
　누군가의 오줌과 코피

　파란 증오가 찾아왔다
　아빠, 아파, 아빠

—「사랑과 절망의 둔주곡」 전문

가슴이 아파 읽기 어려운 구절이 있다면, 그건 아이의 애원과 요구의 절규다. "아빠, 아파, 아빠"가 산출하는 비명의 둔주곡(遁走曲) 앞에서 어찌 "아버지들"이 달아나지 않을 수 있겠는가. 사랑과 절망 사이, 그 속에는 무엇이 있는가? "아빠, 아파, 아빠"에서 "아빠"들 사이에 "아파"가 있듯, 「사랑과 절망의 둔주곡」의 코데타(codetta)는 "파란 증오"일 수밖에 없는 것인가? 그러나 이를 아이의 것으로 확정할 수는 없다. "파란 증오"가 "아빠"의 자기 증오의 투사일 가능성이 존재하기 때문이다. 가슴 아프지만 「사랑과 절망의 둔주곡」의 코데타를 살피지 않을 수 없는 이유가 여기에 있다.

우선, "한 바가지 꾸중을 뒤집어쓴 너"의 슬픔은 "나"에게 일곱 살의 기억으로 각인되는데, "유리창"에 새겨진 "우물"은 이를 표현한다. "나를 기다리는 빳따"는 "아빠"의 변용이자 증식이다. "아빠 — 빳따"는 방정식으로 치자면 "아버지"의 계수다. 이것은 '사랑'인가, '보살핌'인가? "지랄의 권위자 — 옆차기의 제왕"이라는 비례상수는 그것이 '사랑'도 '보살핌'도 아님을 아프게 고발한다. 이 통렬한 반성은 '아버지'를 인수분해하는데, "나는 부(父)와 자(子)로 이분되었다"에서 보듯, "부(父)와 자(子)"는 분열된 주체의 두 개의 인수를 구성한다. "나"는 "부(父)와 자(子)"의 사이에 존재한다. 이것은 그대로 "아버지의 방정식"의 판박이가 아닌가? 그렇다.

그러나 괄호 속에 웅크리는 있는 다음의 두 구절, 곧

"내가 만든 아이가 나를 기다린다"와 "나의 아이가 나에게 오지 않으면 나는 존재하지 않는다"는 선언을 간과하는 한에서만 그러하다. 이것이 선언인 이유는 "나의 아이"의 미래에의 기투이기 때문이다. 이런 미래에의 기투가 궁극적으로 지향하는 바는 "사랑이 사람을, 사람이 희망을, 희망이 패배를/먹어 치우는 패턴은 거짓인가요"(「세계의 물질적 정지」)라는 구절이 암시하고 있다. '사랑→사람→희망→패배'에 이르는 절망의 능동적 먹이사슬은, 역으로 지금-여기의 절망 속에서 사랑의 기원을 발견하려는 의지를 보여 준다. 이건 "지랄"이 아니다. '아버지→아이'로의 위계가 그것을 절망으로 판별한다면, '아이→아버지'로의 애원은 그것이 절망이 아님을 노래하기 때문이다. "아기가 아버지를 데리고 왔다/눈먼 자의 노래처럼"……(「하윤(厦阭)」). 아버지를 살해한 죄로 자기의 두 눈을 찌르고 유랑의 길을 떠났던 오이디푸스의 유일한 길잡이는 안티고네와 이스메네라는 이름의 아이였다.

여기서 '아이의 방정식'의 미지수 x의 값을 확증하기 위해, 3차 방정식의 근의 공식 전체를 소개하는 것은 무의미한 일처럼 보인다. 다만 3차 방정식의 판별식 D가 $a^2b^2 + 18abc - 4b^3 - 4a^3c - 27c^2$이라는 사실, 그리고 판별식에는 계수 d가 없다는 것을 확인하는 것은 중요한 일이다. 그것은 계수 d, 곧 영원히 '아이의 아이'로 남을 수밖에 없는 자가 '아이의 방정식'의 판별식 D에는 존재하지 않음을 보여 주기 때문이다. 이러한 사실은 '아이의 방정식'의 미지수 x가 절망 및 증오와 더불어 희망을 해로 갖는다는 것을 암시한다. 또한 시간의 층위에서는 과거와 현재 이외에 미래의 근을 갖는다는 것을 의미한다. 그러므로 '아이의 방정식'은 미래의 아이들의 희망을 노래하는 자의 방정식이라고 할 수 있다.

4. 블랙 리듬, '프로그레시브 아나키스트'의 "spin my black circle"

이제 코러스의 합창을 들을 차례다. "눈먼 자의 노래"는 "신록의 무덤 앞에서" "우리의 노래"로 울려 퍼진다.

> (우리의 노래)
> 그들이 속삭여요
> 우리는 혁명을 기획하고 있어요
> 우리는 진보에 대해 말해야 해요
> 아무도 모르는 사실
> 빼앗긴 사람들은 일어설 거예요
> 그들이 우리에게 희망을 나누어 줄 거예요
> 그들이 우리에게 더 나은 삶에 대해 말해 줄 거예요
> 행복의 땅으로 달려요 달려요
> 그곳으로 그곳으로
> 달려요 우리를 무너뜨리기 위해
> 한 번도 이루어지지 않았던

미시 혁명이 필요해요

우리는 우리의 육체를 소각했어요

　　　　　　　—「신록의 무덤 앞에서」부분

　"혁명"과 "진보"라는 "소모되고 사라지려는 저 붉음"(「赤
記」,「태양의 연대기」) 앞에서 "눈먼 자의 노래"가 절망의 노래
가 아니라 희망의 노래로 전이되는 것은 무슨 까닭인가?
그건 "희망"과 "더 나은 삶"의 노래가 "빼앗긴 사람들"에
대한 것이 아니라 바로 그들로부터 나온 것이기 때문이
다. 또한 "민중은 소멸되었지만 다시 민중이 되어야 한다
는 허구가 진실이 된 날 아이들이 죽었다"(「진노의 날, 오늘」)
는 준엄한 사실 앞에서, 우리는 우리가 해야 할 일이 무엇
인가를 지속적으로 되묻지 않을 수 없기 때문이다. 이것
이 거대 담론의 부활을 외치는 자의 노래와 변별되는 지
점이다. 이를 위해 필요한 것은 "우리의 육체를 소각"하는
"미시 혁명"이다. 이 혁명은 '미시(微示)'적이지만, 아직 도
래하지 않았다는 의미에서 '미시(未視)' 혁명이기도 하다.
이건 "우리를 무너뜨리기 위해" '촛불'이 되는 일과, "망매
와 망부를 삼키는 나무의 혼신의 기립 앞에서" "나비 불
꽃"(「연기와 재」)이 되는 일과 다르지 않다. 이들이 발화하는
"작은 불빛"이야말로 '혁명과 진보'의 "디퍼런스 엔진(dif-
ference engine)"(「진노의 날, 오늘」)이 온전히 작동하고 있음
을 보여 주는 징표다.

　"디퍼런스 엔진"의 시동을 위해 필요한 건 참회라는 연

료이다. "아이의 아름다운 육체는 물속에 있어요 우리의
미래는 참회에서 시작될 거예요"(「지상의 첫 번째 사람」)는 아
이들을 위한 미래가 통렬한 반성에서 시작해야 함을 선포
한다. 반성은 '혁명과 진보'의 마중물이다.

이것을 반성이라 부르겠습니다

나의 시작은 모래의 이빨을
나의 결말은 수성의 투명한 무게를 알지 못합니다
나를 가두려 합니다 밤의 질서 밤의 골편 밤의 질량으
로부터
내가 얻을 수 있는 것 나의 피골에서 분비되는 검은 고
름 또는 너의 이름
지금 믿으려고 하는 사랑은 부푸는 피부에 달라붙는 증오
이것은 독백입니다 너의 시체가 빚어낸 융융거림 이것
은 녹슨 총 움직이는 암흑
달빛 속 수척한 빗줄기

사랑의 절정에서 나와 너의 몸은 음악이 되는데
우리에겐 먹히는 숨소리 토해 내는 신음 그때 부식되는
양철판 위에 머무는 한 모금 저녁의 불빛

너는 내게 돌아와서 나의 멸망을 수행하라

동공에 들어찬 검정이 음악이라네 돌아갈 곳에 먼저 도
달해서 네가 나를 구속한다고 울부짖는 다른 애인이여 나
는 아직 아름답다네

　네가 나를 지우고 창공 속으로 몸을 펴는 공화국의 깃
발이 될 때 사랑이 시작되겠네 더 낮은 곳에서

　너를 잃고 너와 싸우기 위해 너에게로 간다

　　　　　　　　　　　　　　　　　　　—「너를 잃고」 전문

　이 시는 "눈먼 자의 노래"의 엔딩이자, "더 나은 삶"의
전주(前奏)이다. 절망의 엔딩크레디트는 "지금 믿으려고
하는 사랑은 부푸는 피부에 달라붙는 증오"를 노래한다.
반면 "더 나은 삶"의 주제부인 "사랑의 절정"은 "나와 너
의 몸은 음악이 되"어 빛난다. 양자의 사이에 "동공에 들
어찬 검정"의 코데타가 있다. 그것은 "나의 피골에서 분비
되는 검은 고름 또는 너의 이름"이 빚어내는 무늬다. "흰
눈동자"(「백야(白夜)」)가 "동공에 들어찬 검정"으로 채색되
어 "움직이는 암흑"이 되기까지의 신산은 "달빛 속 수척한
빗줄기"가 노래하고 있다.
　하여 검은 동공(瞳孔)이 이토록 아름다운 건, 그것이 '눈
의 사과(the apple of eye)'라는 이름을 가질 뿐만 아니라,
"너를 잃고 너와 싸우기 위해 너에게로 간다"는 역진화의
여정 전체를 담기 때문이다. 이 자발적 여정에는 두 개의

루트가 존재한다. 하나는 "나는 지금 너를 지우고/눈에 검정을 쏟아붓는다"(「시영이 생각」)이고, 다른 하나는 "너는 내게 돌아와서 나의 멸망을 수행하라"다. 후자는 "나의 시체를 마주할 용기"(「흡열반응」)를 요구한다. 양자 사이에 "절망이 확신이 되는 변곡점"이 위치한다. 따라서 "너를 잃고 너와 싸우기 위해 너에게로 간다"의 시간은 "네가 나를 지우고 창공 속으로 몸을 펴는 공화국의 깃발이 될 때"와 일치한다. 비로소 사랑의 시간이 시작되는 순간이다. "나와 나 사이의 어둠 안에서/새로 사랑을 배웠다"(「수면 감옥」).

미간으로 기차가 들어온다 후진하는 기억의 열차 얼굴을 돌파할 때 비명은 다른 곳에서 다른 시간에 다른 사람을 향해 출몰하고 회귀한다 엄마 품으로 가자 소년의 붉고 매끄러운 살에 다가가는 늘어난 사람과 졸아든 사람 햇빛의 중량 제로 이런 날은 성욕도 투명해진다 적나라 베어 물자 혀 위의 각설탕 같은 맛 이곳과 그곳을 동시에 거느리는 태도 두 개의 실존이 보이는 밤의 길에는 사라지는 사람 이 생의 끝이 오기 전에 피를 흘리리 바람 앞에서 나는 붉은 구멍이 되리 무게 없는 파동 아래 메이데이 메이데이 이것은 오래전부터 반복되는 사실 거리가 휘어지고 어떤 상실은 생기기도 전에 소멸되고 소용돌이치는 여름 쪽으로 힘겹게 날아가는 나비 빨려 드는 얼굴 찢어진 그리움

어떤 사람들이 역사를 만들어 가는가

숲과 들에서 새로 돋은 싹의 속삭이는 소리와 아버지의
아들의 성교의 하나의 증식과 산록에서 내려오는 안개와
나를 감추기 위해서 수기한 상처와 우리의 내장 속으로 밀
려드는 저녁과 패배한 민중의 공포와 도래한 종말

트램펄린처럼

소용돌이에 빠진 내가 나를 구출하기 위해 왼팔로 오른
팔을 끌어당긴다 미로 속에서 어제를 봤다 내가 떠난 그날
봄의 신록을 빨고 있는 나의 혀 위에 남겨진 연기와 재

꽃잎 훨훨 다녀간다

죽음의 이미지는 세계의 이빨 바닷속에 검은 사랑을 침
몰시킨다 불가능하기 때문에 이룰 수 있다 거품마다 아이
들의 얼굴 그 몸은 어디에서 비롯되었습니까 모두의 승리
를 위해 나는 모든 사람에게 모든 것이 되겠습니다

흰 뼈의 무더기

물크러져 짜이고 엮여 트인 우리는 어디에서 시작되었
나 우리 이 땅을 떠나자 모든 절차가 끝나고 있었기에 월
말이면 추위도 꺾일 것이기에 우리는 필사적으로 소멸

비현실적 현실에서 기원한

흩어져 말라 가고 부서져 사라지는 이 노래는 무엇일까

흑에서 뼈뿐인 그녀가 돌아온다 흰 해에 먹힌다

우중의 붉은 살과 덤프에 얹힌 작업화 옆 빗자루와 누
군가의 정액과 코피

아기가 아버지를 데리고 온다

이번 생에는 다시 만나지 못하리 나는 너를 두고서 떠

나리 너를 잃고 너와 싸우기 위해 너에게로 밤의 안쪽으로

헐떡이며 쪼그라들며 파열 후의 들숨을 기다리며

화형의 재를 기다리는 붉은 저녁의 입구에서

—「spin my black circle」 전문

3부 「black」과 「spin my black circle」은 "동공에 들어찬 검정"의 서사시다. 이 장대한 서사시에서 펄 잼(Pearl Jam)의 「Spin the black circle」을 연상케 하는 「spin my black circle」만을 인용한 것은, 해설상의 편의 때문이 아니라 "동공에 들어찬 검정"의 와류에 휩쓸리지 않고 그것을 적시하기 위함이다. 시의 제목에서 "spin"은 "my black circle"이 회전체라는 사실을 보여 주며, 거대한 블랙홀의 전체 형상을 도해한다. 그러니까 「spin my black circle」은 "절망이 확신이 되는 변곡점" 이후의 여정 전체를 흡입하는 시집 『리듬』의 블랙홀이다. 이건 비유가 아니다. 시를 보라. 『리듬』에 실린 시의 지체들이 모두 한곳으로 모이고 있지 않은가. 시의 첫 마디 "미간으로 기차가 들어온다"는 「영천(永川)」의 일절이고, "후진하는 기억의 열차 얼굴을 돌파"는 「xyz」의 일절이며, "비명은 다른 곳에서 다른 시간에 다른 사람을 향해 출몰하고 회귀한다"는 「찔레와 사령(死靈)」의 일절이다. 다른 구절 또한 다르지 않다. 그리고 마침내 마지막 시 「tiger — trigger」에 이

르러 '열차'는 "화형의 재를 기다리는 붉은 저녁의 입구에서" 잠시 정차한다. 마치 "후진하는 기억의 열차"처럼 시집 전체의 검정 궤도를 순환하는 셈이다. 「spin my black circle」은 "역진화의 시작" 이후 "이번 생"의 여정을 관통하는, 심지어 4부를 구성하는 미래의 시편들마저 지금 여기의 시간으로 빨아들이는 거대한 소용돌이인 것이다.

그렇다면 회전체의 중심부에서 "이번 생"을 빨아들이는 거대한 힘의 정체는 무엇인가? 「spin my black circle」의 쌍둥이 시의 일절, "제 몸을 제가 매우 칩니다 죄가 회전하네요 검은 원이 커져요 검은 팽이가 곤두섭니다"(「spin my black circle」)는 회전이 죄에 대한 자기 징벌에서 비롯함을 보여 준다. 가속되는 "검은 원" 혹은 "검은 팽이"의 회전은 죄와 벌의 증식을 간접적으로 표현한다. 인용 부분의 마지막 구절 "화형의 재를 기다리는 붉은 저녁의 입구"는 자기 징벌의 궁극적 귀결이 주체의 소진, 곧 죽음에 있음을 암시한다. 그리고 바로 이것이 '눈의 사과'인 동공이 검정인 이유를 설명한다. 그러므로 "이번 생"의 거대한 와류가 산출하는 리듬은 '블랙 리듬'이다. 마치 "DJ 울트라"(「재소환한 적개심」)가 검정 LP판의 홈에 각인된 노래를 리믹스하듯, 시적 주체는 자기의 육체를 소진하며 '블랙 리듬'이라는 강력한 우주적 펄서(pulsar)를 방출하고 있는 것이다. 그것이 비록 "나의 혀 위에 남겨진 연기와 재"(「신록의 무덤 앞에서」)의 흔적만을 남긴다 할지라도 말이다.

5. 방아쇠 'g'

그것으로부터 두려움이 시작되었고
그것으로부터 나는 기어 왔으니
꿈틀거리며 흉곽을 뚫고 나오는
문자로부터 기립하는
그림자를 입고 소리의 피륙을 두르는
두 팔로 감싸 안을 수 없는
태양과 폭풍과 해양
성스러운 것들의 이름
그 짐승이 나를 가두었다

나는 기다리다가 음성이 되었다
주름진 살가죽에 검은 화살들
숨을 들이쉬며 발톱을 내밀며 아가리 벌리며 가슴을 핥
으며
뚫고 나와 먼동을 향해 질주하는 문자들 육체를 불태우
고 육체를 바람에 던져 넣는다 호랑이 쿵쾅거리는 천둥 나
의 고기를 찢고 뼈를 부서뜨리고
어둠 속에서 나를 끌어안는다
살과 골을 씹고 피와 액을 핥는다

피투성이
이것이 포유라 한다면 나는 나의 몸으로 돌아가 나를

제거하고

　따스한 친부들의 숲 속에서 가여운 새끼가 되겠네

　헐떡이며 쪼그라들며 파열 후의 날숨을 기다리며 화형
의 재를 기다리는 붉은 저녁의 입구에서 나를 삼키고 발기
하는

　목구멍을 지나 구강에 들어차는

　호랑이 탕 탕

　발사된다

—「tiger — trigger」 전문

"그것"으로부터 시작되었다. "그것"으로부터 "절벽"이
시작되었고, "그것"으로부터 "두려움"이 시작되었으며,
"그것"으로부터 '포복'과 "파열"이 시작되었다. 그리고 마
침내 "그것"으로부터 '어떤 것'이 발화되었다. "그것"은 외
경(畏敬)의 짐승, "성스러운 것들의 이름"으로 불릴 때 "태
양과 폭풍과 해양"이 되지만, "포유"의 이름으로 불릴 때
"호랑이"가 된다. 어쩌면 우리는 "그것"의 다른 이름을 알
고 있는지도 모르겠다. '군주들', '선생들', '친부들' 그리고
'우리들'. "그것"들의 생리가 '피투성이'라고 한다면, 우리
는 우리의 "몸으로 돌아가" "그것"들을 "제거하고" "가여
운 새끼"가 될 수 있을까? 막 "입안에 절벽"을 기어오른
자는 말한다, "따스한 친부들의 숲 속에서 가여운 새끼가
되겠네"라고. 이것은 '아버지'를 살해한 오이디푸스의 고

해(告解)인가, 그렇다면 그는 살해된 "친부들" 앞에서 무슨 말을 할 것인가? "가여운 새끼"의 울음! 이 대목에서 "아빠, 아파, 아빠"라는 사랑과 절망의 코데타를 다시 듣는 건 우리가 오이디푸스이기 때문이 아니다. 우리가 '아들'에게 살해될 운명을 타고난 자이기 때문이다. 이것은 비극인가. 최소한 장석원의 시에서는 그렇지 않다.

"목구멍을 지나 구강에 들어차는/호랑이 탕 탕/발사된다"는 마지막 진술은 우리가 이미 그 "변곡점"을 지났으며, '아담의 사과'에서 발화된 '어떤 것'이 "호랑이"임을 최종적으로 고지한다. "내부의 충일과 단절의 결단과/일합하기 좋은/호랑이"(「찬 기의, 성 기의」)를 참조컨대, "호랑이"는 최후의 "일합"을 위해 발사된 것이 틀림없다. 그러니 묻자. '몸(gun)'에 장전된 '탄환(tiger)'을 발사하기 위해 '아담의 사과(trigger)'를 당기는 자는 누구인가? 장전과 조준은 "나"에 의해 완료되었다. 그리고 방아쇠에서 가늠쇠 't'가 정조준하는 것은 "나"다. 하여 방아쇠를 당기는 것은 '아들(son)'이어야 한다. "사랑 때문에 죽음이 돌아왔고 더 큰 사랑이 부활을 불러왔으니 아버지에 의해 많은 사람이 죽었으나 아들이 죽은 자들을 살아나게 할 것이니"(「생독(牲犢)」)를 보라. 이것은 "나"에서 "아들"로의 이행을 암시한다. "tiger"에서 "trigger"로의 변형은 "나"에 의해 완료되었으나, 그것을 격발하는 것은 "아들"의 몫이다. 단, 그의 방아쇠는 "trigger"가 아니라 'trigggger'가 되어야 한다. 그가 삼중의 'g'의 고리를 푸는 수고를 다할 때, 마침

내 "죽은 자들을 살아나게 할" '아이의 방정식'의 해가 구해질 것이다. 그때 다시 '역진화의 반환점'을 돌아 '아이'에게로 귀환하는 자가 있다면, 그는 '호랑이-나비', 아니 '호랑-나비'로 "이 생"을 건너온 자임에 틀림없을 것이다.